中华

ZHONGHUA HUN

魂

百部爱国故事丛书

星星之火　可以燎原

——井冈山斗争的故事

张　红　周禹彤　编著

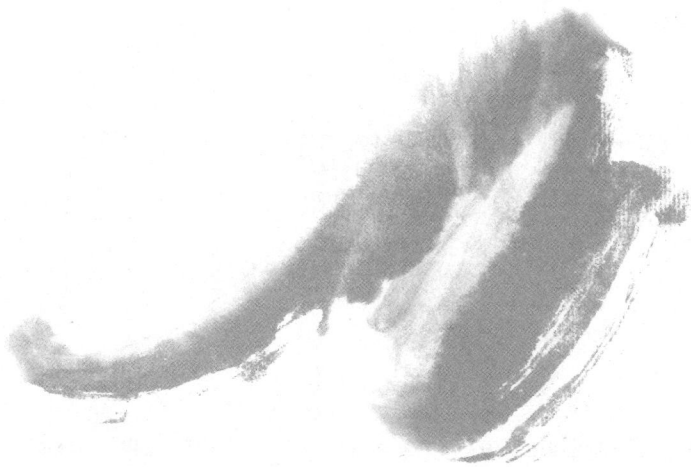

吉林人民出版社

图书在版编目（CIP）数据

星星之火 可以燎原：井冈山斗争的故事/张红，
周禹彤编著.-- 长春：吉林人民出版社，2011.3（2021.8重印）
（中华魂·百部爱国故事丛书）
ISBN 978-7-206-07502-5

Ⅰ.①星… Ⅱ.①张… ②周… Ⅲ.①革命故事—中
国—当代 Ⅳ.① I247.8

中国版本图书馆 CIP 数据核字 (2011) 第 032564 号

星星之火　可以燎原
——井冈山斗争的故事

XINGXINGZHIHUO　KEYI LIAOYUAN
——JINGGANGSHAN DOUZHENG DE GUSHI

编　著:张　红　周禹彤
责任编辑:王　磊　　封面设计:孙浩瀚
制　作:吉林人民出版社图文设计印务中心
吉林人民出版社出版 发行（长春市人民大街7548号　邮政编码:130022）
印　刷:北京一鑫印务有限责任公司
开　本:787mm×1092mm　　1/16
印　张:8　　　　字　数:64千字
标准书号:ISBN 978-7-206-07502-5
版　次:2011年3月第1版　　印　次:2021年8月第2次印刷
定　价:35.00元

如发现印装质量问题,影响阅读,请与出版社联系调换。

总　序

　　《中华魂》是一套故事丛书。它汇集了我国自鸦片战争以来一百八十余年间的近百位民族英雄、仁人志士、革命领袖、先进模范人物的生动感人事迹，表现了他们作为中华儿女的伟大的爱国主义精神。

　　爱国主义是人们对于"生于斯、长于斯、衣食于斯"的祖国的一种神圣感情，是人们对于自己民族的一种强烈的责任感和使命感，是感召和激励整个中华民族的一面永不褪色的旗帜。在一百多年的中国近现代史上，爱国主义一直激励着中华儿女为祖国的独立、统一、进步和繁荣而英勇奋斗。从"苟利国家生死以，岂因祸福避趋之"的林则徐，到"我自横刀向天笑，去留肝胆两昆仑"的谭嗣同；从"铁肩担道义，妙手著文章"的李大钊，到"青春换得江山壮，碧血染将天地红"的赵一曼；从"县委书记的好榜样"的焦裕禄，到"问鼎长天，扬我国威"的邓稼先……都表现出了强烈的爱国主义精神。正是由于热爱祖国的人们前仆后继地奋斗，国家和民族才得以生存，才能够在一次次历史危急关头转危为安，走向兴盛和富强，从而屹立于世界民族之林。爱国主义是鼓舞中华儿女历经忧患、跨越沧桑、百折不挠、自强不息的伟大力量，它贯穿于中华民族的整个历史，并有力地凝聚着五洲四海的中国人。

爱国主义是一个历史的范畴，在社会发展的不同阶段、不同时期有不同的具体内容。革命时期，需要我们为祖国的独立自主出生入死；建设时期，需要我们为祖国的繁荣富强增砖添瓦。在全国各族人民团结一心，开启全面建设社会主义现代化国家新征程的今天，我们要争做一名新时期的爱国者。新时期的爱国者要有强烈的民族自尊心、自豪感。民族自尊心、自豪感是任何时期、任何爱国者都必须具备的情感。民族自尊心能增强我们自立向上的恒心，民族自豪感能树立我们建设祖国的信心。要树立"祖国高于一切"的崇高信念，为了祖国和人民的利益不惜抛却个人的利益，甚至不惜牺牲个人的生命。我们要树立终身学习的理念，拓宽自己的知识面，广泛吸收新知识、新技术，完善自身的知识结构，更新学习知识的方法与理念，从思想上、知识上充分武装自己，为祖国的繁荣昌盛贡献力量。

爱国主义思想的继承和发扬，是关系到民族盛衰、国家兴亡的根本问题。爱国主义思想情操的形成，需要不断地培养。培养爱国主义精神的一个重要途径是向英雄人物和典范事迹学习和致敬。这套丛书的出版,对于青少年向英雄和先进人物学习,特别是对于在中小学生中进行爱国主义教育是不可多得的生动的教材。祝愿此书出版发行成功,为培养时代新人做出贡献。

胡维革

中华魂

百部爱国故事丛书

编 委 会

策 划： 胡维革 吴铁光

林 巍 冯子龙

主 编： 胡维革 邢万生

副主编： 贾淑文 杨九屹

编 委：（按姓氏笔画为序）

于二辉 刘士琳

刘文辉 孙建军

李艳萍 吴兰萍

谷艳秋 隋 军

山下旌旗在望，山头鼓角相闻。敌军围困万千重，我自岿然不动。

——毛泽东

目　录

中华**魂**百部爱国故事丛书

ZHONGHUA HUN

井冈山革命根据地是毛泽东、朱德等许多老一辈无产阶级革命家亲手创建的第一个农村革命根据地。它位于罗霄山脉的中段，横跨湖南、江西两省，包括江西的莲花、永新、宁冈、遂川，湖南的酃县、茶陵等六县。这里地势险要，地理位置优越，气候温和，物产丰富。从1927年9月到1929年1月的一年零三个多月的时间里，毛泽东、朱德等在此领导中国革命，进行了艰苦卓绝的斗争，创建了新型的革命武装——中国工农红军第四军，点燃了"工农武装割据"的星星之火，找到了以农村包围城市，最后夺取胜利的正确道路。

　　井冈山根据地的建立，为中国革命指明了方向。

而创建井冈山革命根据地的先辈，则建立了不可磨灭的历史功绩。

这里介绍的仅是在创建和巩固井冈山革命根据地时，井冈山上的工农红军"天当被、地当床，野菜、野果当干粮"的艰苦生活，以及他们如何在人民群众的支持下，在毛委员、朱军长的带领下，克服困难，战胜敌人，使井冈山的"星星之火"，得以"燎原"的艰苦奋斗的感人的故事片断。

他们的事迹是感人的，是可歌可泣的！朋友们，当你用心去读、去体会以后，你会更加懂得我们今天的幸福生活的确是来之不易的，从而更加珍惜今天有饭吃、有衣穿、有书读的安然恬静、幸福美满的生活。

艰难困苦的岁月

　　1927年大革命失败后，毛泽东便在湖南、江西边境一带地区，领导秋收起义，组成了革命武装，在连续的苦战以后，毛泽东带领这支部队到了井冈山地区，建立了最初的革命根据地。

　　红军在井冈山上，是十分艰苦的。山上有很多的树林，有很清的涧水，所以柴水都不成问题。然而山上没有米、没有油、没有盐，数九寒天没有棉衣、没有棉被。这种艰苦的生活可以从一名红军战士的回忆中充分体现出来。他说：上山不久，便是初冬天气

秋收起义

——井冈山斗争的故事

星星之火　可以燎原

了。他们战斗在高高的井冈山上，却还穿着单衣，寒冷威胁着他们。他本来穿的是一条长筒单裤，可是因为连续战斗，不论风里雨里、白天黑夜，起来一身、倒下一铺，裤子破得不像样，也找不到布来补，于是就挖东墙补西墙——撕了裤腿补裤裆，撕来撕去，结果把一条长裤子撕成了短裤子。为了时刻准备粉碎敌人可能的进攻，部队都在加紧训练着。天一黑，屋里就生起火来，大家围火上课或开会。完了就在底火周围铺起稻草，有次序地睡起来。天刚明就起"床"，通过练兵来御寒，即到野外跑步、刺枪、劈刀、刺长矛，身上冒出汗来，把一夜的寒气都赶净了。如果不是山顶披着白雪，树木落下叶子，看大家穿着单衣流大汗，

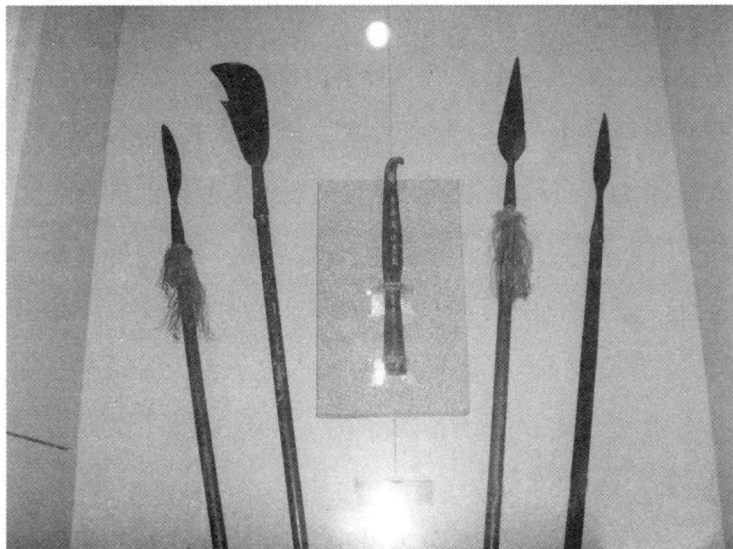

秋收起义用过的长矛，矛头上刻着"革命成功万岁"。

真要疑心那不是在冬天呢。

在工事里的同志们，就是不停地劳动，这样既加强了工事，又可以不冷。

这时，在外面山梁上放哨的同志，是难以忍受这寒冷的。一天夜里，一位班长去查哨，看见那哨兵手中持着枪，机警地监视着敌方，可是身体却禁不住瑟瑟的抖着。班长走过去，安慰哨兵说："稍待一会，我早些叫别人来换班，你回去避避风。"哨兵听了，决然地回答道：

红军的服装

星星之火　可以燎原

——井冈山斗争的故事

"不，班长。只要能给我拿一条毯子来披上就行了！"
那时候，战士们都是两人合用一条毯子。班长不愿意
抽下别人的来，便去报告排长，可是排长自己的毯子，
也早已给另外一个战士了。排长没办法，他俩就一起
去找连长和党代表。连长和党代表比战士稍好点，每
人有一条毯子，可是抽谁的好呢？党代表说："抽我
的。"连长说："抽我的。"两人争执了半天，最后还是
决定两人合盖一条，抽出了另一条毯子给了放哨的战
士。

天冷不算，战士们又没白米吃了。红米很粗，可
是价钱便宜，吃了也很顶用，所以这时他们倒"爱"
吃红米了。后来红米也缺少了，他们就煮南瓜吃，稍

微放些盐也都挺有滋味，南瓜也有一条"不革命"——吃了以后饿得快，吃的时候长了，还胀肚子。可是大家情绪还很高；那时红军战士中流行着这样的歌子："红米饭，南瓜汤，秋茄子，饭好香，每餐吃个精打光！"

由此可见，井冈山上的生活的确是艰苦异常的，尤其是这块根据地是红军冲破敌人的一切围追堵截而建立的第一块农村革命根据地，它像一把火炬照亮了黑暗的中国，因此，它引起了一切反动势力的惧怕和仇恨。敌人曾对井冈山人民制定了残酷的政策；"石要过刀，茅草过火，人要换种！"在这种严峻的形势下，井冈山上军民的生活陷入了极度困苦之中。当然，他

星星之火　可以燎原

——井冈山斗争的故事

工农革命军用过的步枪、子弹袋、子弹箱。

们的困苦与艰难不仅表现在生活上，更突出地表现在缺少枪支弹药和守卫井冈山的战斗中。

1928年12月上旬，红五军在彭德怀军长领导下，到达井冈山与红四军胜利会师。

当时，湘赣两省军阀对井冈山革命根据地的第二次"会剿"已经失败了，他们正在调兵遣将，准备进行更大规模的"会剿"。根据党的"白露会议"的决定，毛泽东同志和朱德同志带着红四军下山，开辟新的革命根据地，红五军留守井

红五军在赣南与红四军会合后，返回井冈山，将井冈山和湘鄂赣边界的斗争联成一片。

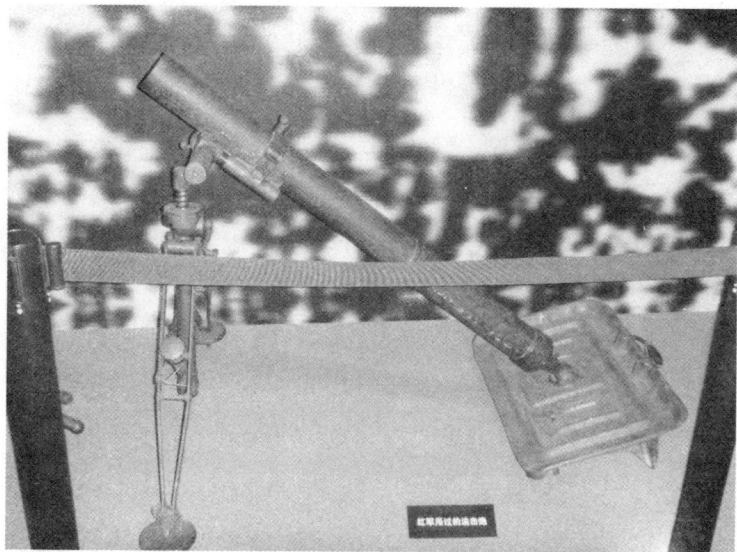

冈山牵制敌人。

敌人调来了21个团的兵力，重重包围了井冈山。彭军长派二百多人扼守黄洋界岭。留在井冈山的红军，名义上是一个军，实际凑起来只有五六百人，三百多支枪，有的枪还打不响，一支枪只有十几发子弹。这样，想守住那座大山，牵制敌人，非常非常困难。但是一定要守住大山！

怎样守呢？没有铁丝网、没有地雷、枪弹又少，于是纵队长号召大家齐心协力想办法。

有一个郴县口音的战士说："就是难也要想啊！"

尖嗓子战士搔着头，煞有介事地在想。突然，他笑起来说道："队长，我想出一个办法，如果我们有电

红四军军旗

丝网，把井冈山包围起来，敌人来攻，我们在工事里不用开枪，叫他们一个个触电死。"郴县口音的战士哈哈笑起来："电网？我们现在连一根铁丝都没有，哪来的电网！你想的这个办法真像吃糖包子，不怕烫嘴！"战士的话引起了纵队长的深思："子弹少，电丝网。"纵队长边走边想，忽然"哎哟"，纵队长大叫了一声，他连忙抬起脚一看，脚板上的血直往下滴，血透过脚上的草鞋，把雪染红了。他扒开雪一看，原来是一个破竹兜子，雪盖着，没看见，竹刺一下穿进

军　号

了他的脚板心。"有电网了,有电网了",他三步并两步,赶回队里,立即开会提出了用竹钉子代替电网的办法。从此他们上午出操,做工事,下午下山背粮食,晚上全体动员削竹钉子,终于设置了二十里竹钉防线。此后的斗争事实证明,竹钉子发挥了非常大的威力。

山上很冷,他们没有棉衣棉被,穿些单衣,赤脚穿草鞋。晚上睡觉,铺间烧一堆火,身上盖些稻草,有的同志用夹被装上稻草,就算是最漂亮的被子了。

一月中旬,各路反革命军队都聚集在井冈山下:江西9个团,湖南9个团,广东3个团,共计21个团的兵力,把井冈山的各个路口层层封锁起来。1月17日,双方打起来了,打了七天七夜未分胜负。

那七昼夜的生活十分艰苦,饭菜是十五里路以外的后方送来的,送到时早就冰冷。整整四天四夜没有送过开水。渴了,他们自己用缸子装上雪,在战壕里烧化了喝。最难过的是夜晚,那时是隆冬天气,每天雨雪交加,工事里泥水四五寸深,坐不能坐,睡不能睡。夜晚又特别冷,大家弄些稻草铺在泥水上睡。可是睡不到一会儿,

红军用的麻尾手榴弹

上面盖的给雨雪打湿了，下面垫的给泥水浸透了，上下冰冷，实在难受。

敌人包围圈越来越小了，两个师的兵力向黄洋界、八面山进攻。红军埋伏在工事里，眼看敌人在茫茫风雪里，喊叫着、吹着号，气势汹汹地向上爬，红军只是不理睬。只见他们越爬越慢，爬到半山腰就不喊了。原来他们碰上了我们的"电网"——竹钉子，有的脚穿破了，有的袜子刮破了。敌人军官喊道："后退的，就地枪毙！"士兵只得继续向山上爬，一边爬一边咒骂："哎哟！这还顾得打枪？"这时，纵队长喊声"打"，敌人跑也不行，爬也不行，刚站起身又倒下了，哭的哭，喊的喊，"哗啦啦"地滚下山去了。

敌人进攻八面山，也遭到了同样的命运。

秋收起义

秋收起义是中共党史、军史上的三大起义之一。1927年9月9日，由毛泽东在湖南东部和江西西部领导工农革命军（即红军）举行了武装起义，这是继南昌起义之后，中国共产党领导的又一次著名的武装起义（另一个是广州起义）。

江西省修水县建有秋收起义纪念馆。

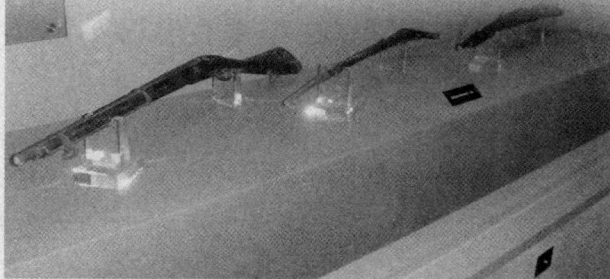

秋收起义用过的鸟枪

鱼水情深

"军爱民，民拥军，军民团结如一人"，这是我们党的光荣传统，也是井冈山军民鱼水情深的生动写照。

井冈山革命根据地，是毛泽东、朱德等率领秋收起义和南昌起义部队，经过了艰苦的战斗，突破了敌人的层层封锁而建立起来的，从一开始，它就处于四周敌人的包围之中，因此井冈山上的红军几乎一无所有：没有饭，没有衣服，没有枪，没有子弹，然而他们却建立并巩固了革命根据地，并使井冈山的星星之

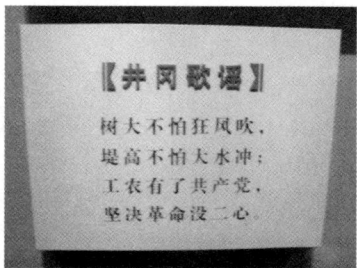

【井冈歌谣】

树大不怕狂风吹，
堤高不怕大水冲；
工农有了共产党，
坚决革命没二心。

火，成为燎原烈火，燃遍全国！

是什么力量才使井冈山根据地巍然屹立呢？是人民的力量，是工农红军为工农的传统与本色，是毛委员的正确领导。

早在1928年元月初，毛泽东就向井冈山的工农革命军战士发出"建立一个革命的家"的号召。他指出，我们的人民群众被土豪压迫得很苦，因此我们要去打土豪、分田地、发动群众，为我们建立革命根据地创造物质条件和群众基础。

于是，部队在毛泽东同志的率领下，浩浩荡荡地开向遂川。

遂川是江西土地最集中的地方，且约百分之八十是地主的。遂川土豪多，便于筹款；遂川在大革命时期农民运动如火如荼，群众基础好，因

星星之火　可以燎原
——井冈山斗争的故事

红军用过的重机枪

此通过打土豪、分田地，唤起受压迫的遂川工农，对于解救人民、巩固和发展革命根据地意义重大。

在开往遂川的路上，经过大坑圩。那是大恶霸、大土豪、靖卫团总肖家璧的老巢。这个杀人魔王在大革命失败后，积极投靠蒋介石，用枪决、水溺、挖眼、火烧、切八块、割剖等惨无人道的手段杀害我共产党人和革命群众达数百人之多。毛委员领兵上了井冈山后，他又咬牙切齿，疯狂地叫嚣要将工农革命军斩尽杀绝。他下令疏散大坑圩和村庄的农民，不准群众和工农革命军接触，还颁布"杀令"，凡私通革命军者，杀；为革命军带路者，杀；为革命军报信者，杀……他自己则守在县城，以调兵遣将，抵抗工农革命军。

　　毛泽东同志率领工农革命军进到大坑圩，只见店铺紧闭，街上冷冷清清。只有肖家璧的大院里，有几个守院的团丁。

　　打土豪的战士们在毛泽东同志的带领下，击溃了镇守肖家大院的团丁，打开了朱漆大门，撬开了仓库，里面五光十色，奇馔异肴，山珍海味，应有尽有。光是泡在茶油里的腊肉、腊鸡、腊鱼和各色油果子，就有一百多缸。粮库里的粳米、糯米堆积如山，不少已经生虫、发霉。战士们看了肺都要气炸了，有人忿忿地说，"点一把大火把这个贼窝烧个精光！"

　　毛泽东同志说；"不，这些东西都是农民用血汗换来的，要把它分给农民！"

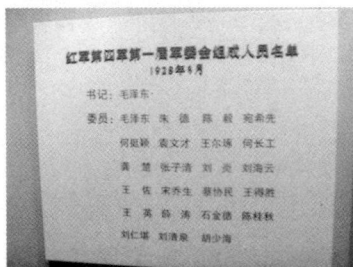
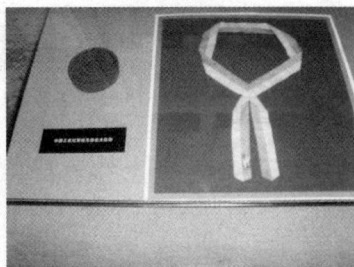

"可是，村里的老表都走光了，家家关门闭户，东西分给谁？"

毛泽东同志想了想说："有办法！我们可以把穷人家的门打开，帮他们打扫干净，再把土豪的东西分送到他们家里去！"

"对，这是个好办法。"战士们听了纷纷叫好，很快就都执行任务去了。

突然从山那边传来"砰""砰"的枪声，有个战

红五军用过的重机枪

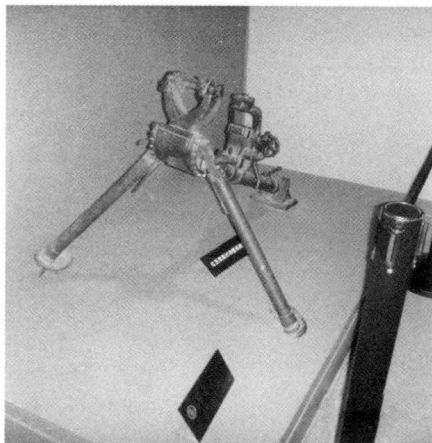

士飞也似地跑来报告说："靖卫团来了。"

原来，肖家璧领着靖卫团和卫兵连来了。他们荷枪实弹，杀气腾腾，采取狡猾的迂回包围战术，妄图一举歼灭我工农革命军。

敌人哪里想到，他们早已像鲤鱼跳进了大网一样，钻进了隐蔽在丛林里的我方的包围圈。

"打！"密集的子弹，射向敌人。这突如其来的打击，使靖卫团和卫兵连的歹徒们愣住了，有的不禁惊呼道："天呐，莫不是天兵天将下凡？"

星星之火 可以燎原
——井冈山斗争的故事

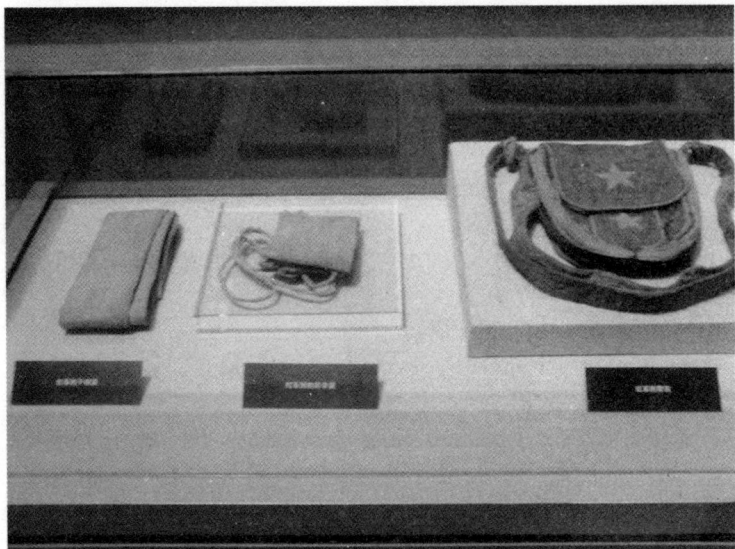

红军用品

敌人顿时乱了套，肖家璧的命令也不灵了。"冲上去，冲上去"，他狂吼着，可是团丁们逃得却更快了。

红军乘胜进军，杀得敌军丢盔弃甲，仓皇逃跑。

工农革命军缴获敌人枪支两百余支。雄纠纠、气昂昂地开进遂川城！

但是，城里的情况，却使战士们感到意外。在狭长的街道上，家家户户关着门，没有一个人影，没有一缕炊烟，街头巷尾到处是"白狗子"乱抛的鸡毛、猪毛或残骨，只有一群群麻雀在雪地里跳来跳去。墙壁上写着国民党的反动标语，什么"共产党杀人放火"等。

很显然，国民党反动派和大恶霸肖家璧散布了大量的谣言蒙蔽群众，群众对工农革命军不了解，都躲藏起来了。面对这种场面，许多同志脸上显出愁容。

毛泽东同志找到毛泽覃，对他说："我们进城后的第一件事，就是要发动群众，粉碎敌人的阴谋，把群众组织起来，打倒土豪劣绅。"

遵照毛泽东同志的指示，部队立即开展了广泛的宣传、组织群众的工作。

小街上住着一个老爷爷，他的儿子和媳妇听信了反动派的谣言，进山藏起来了。老爷爷腿部受伤肿胀，来不及走脱，躺在床上痛苦地呻吟着。他已经两餐没有吃饭了，空空的米缸里只有饿得眼睛发红的老鼠在打架。

五斗江战斗中红军用过的识别带

星星之火　可以燎原

——井冈山斗争的故事

　　这时，忽然响起了敲门声，老爷爷的心"扑通""扑通"跳个不停，他闭上眼睛等待灾祸临头。只听到一句亲切的话语："老表，你好哇！"

　　老爷爷诧异地睁开眼睛。咦，出现在自己面前的是一个瘦高个子、和蔼可亲的人。

　　"你是什么人？"老爷爷哪里知道，出现在自己面前的就是穷人的带路人毛泽东同志。

　　毛泽东同志说："大伯，我们是工农革命军。"

　　"你们来干什么？"老爷爷又问。

　　有个小战士回答说："来打土豪。"

　　老爷爷听了疑惑地摇了摇头，仿佛在说：天下哪有这种事！

毛泽东同志看懂了老爷爷的心情，笑着说："我们说的是真心话。"他一边说，一边察看老人的腿伤。他轻轻揭开盖住伤口的菜叶，发现伤口红肿化脓得十分厉害，便叫一个战士去弄来一撮盐，泡水给老人洗伤口。一边洗，毛泽东同志一边说："不要紧，伤口发炎，等会儿我叫人给你送点药来外敷！"

洗完伤口，毛泽东同志又叫一个战士留下一只米袋，为老人熬粥。老人活了六十几岁，什么时候见过

星星之火 可以燎原
——井冈山斗争的故事

这样好的军队？他的热泪再也止不住，扑簌扑簌落了下来。激动地说道："恩人呐，留下尊姓大名吧！"

一个战士笑着说："老表，这就是毛委员！"

老人非常感动，决心把儿子、媳妇、左邻古舍找回来。

通过毛泽东和战士们的宣传，躲藏在外的群众都在一两天内回到了家，县城的局面打开了。毛泽东同志指示大家要趁热打铁，来一个"分兵发动群众"，把工农革命军分到草林、云田、大坑等地开展工作，成立农会，打倒土豪。

在工农革命军的组织、发动下，大革命失败后死气沉沉的遂川百里山乡，又变成了沸腾的战场。农民

们佩带闹农运时的袖标，举起了大刀、长矛，冲向土豪劣绅的庄院，打开了一个个谷仓，搜出了一箩箩金银财宝。昔日的长工和丫头又成了顶天立地的主人。他们烧田契、毁借券、分浮财，工农革命军把衣服、粮食、鸡鸭、猪肉、用具等打土豪缴来的浮财，送到群众家里。

家家户户打开了大门，点燃了鞭炮，迎接亲人工农革命军。人民群众深深懂得，树有根、水有源，这幸福的日子是毛委员带给他们的。

井冈山革命根据地的土地革命轰轰烈烈地开展起来了。然而，由于农民群众世世代代当牛做马，受剥削、受压迫，因此要所有的人在短时间内勇敢地起来打倒地

朱德在龙源口战斗中用的花机关枪

主、分浮财，却也不是一件容易的事。如新城区的斗土豪、分田地运动开展得就比较慢。因此朱老总便亲自去发动群众。

一天吃过早饭，朱军长解下裹腿，脱掉鞋子，把裤脚卷起，对新上任的区苏维埃主席雷伴吉说："走！下田去！"雷伴吉忙问："劳动去？"朱军长笑了笑说；"你不是要发动群众嘛……"雷伴吉领会朱军长的意思，是要通过劳动去访贫问苦，就高高兴兴地跟着朱军长走了。

他们来到一个叫瓜冲的田垄里，看到一个年老的老农在做田塍（chéng）。朱军长走过去打招呼："是花苟大叔吗？"

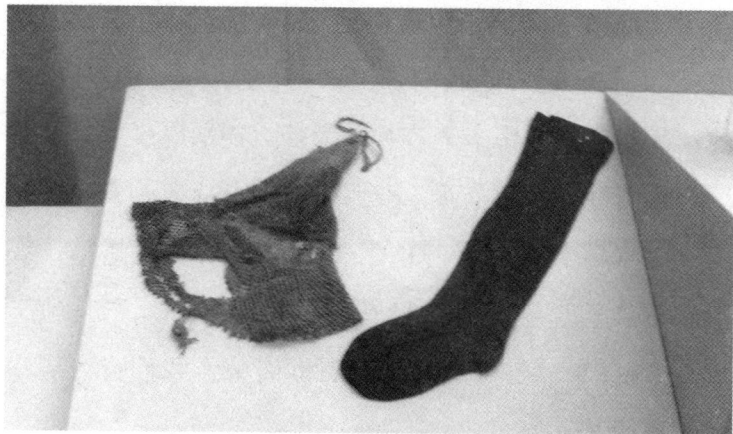

群众慰劳红军时捞鱼的鱼网、红军送给穷人的袜子。

老人抬起头，望了望朱军长，感到很惊奇。

"我们来帮一阵!"朱军长说着，把裤腿卷得高高的，下到田里。"你老伴病在床上半个月了，需要人照顾啊，干完了你早点儿回去。"

老人更感到奇怪：我家的事情他怎么知道得那么清楚，便问雷伴吉："这位红军同志是……"

雷伴吉说："他是朱……"

"我是朱德部队的……"朱军长接过话，自我介绍。

"啊，朱德部队的!"老人脸上露出高兴的神色。

"大叔，这田是你自己的?"朱军长一边劳动，一边问。

"做人家的，每年累死累活，遇上荒年，白白辛苦一年还不算，弄不好还得把老命贴给财主!"

星星之火 可以燎原
——井冈山斗争的故事

"这就叫剥削，叫压迫！"朱军长直起身来，大声说："大叔，这田是我们开出来的，庄稼是我们种出来的。我们一年到头辛辛苦苦，为什么还缺吃少穿？就是因为我们种出来的东西，被那些地主土豪霸占了！"

老人认真地听着。他活了六十多岁，还是第一次听到这样的道理，觉得挺新鲜，也很在理。可是他又摇头，叹口气说："那些土豪有钱有势，我们穷人能斗得过他们？"

朱军长知道老人还有顾虑，告诉他穷人只有团结起来闹革命，才有出路。而且告诉他，新城区就要开展土地革命，土豪霸占的田地，都要分给贫苦农民。老人听了笑呵呵地说："毛委员、朱军长领导得真好呀！"

第二天，朱军长指示，召开新城区动员大会，这时花苟大叔跑来问雷伴吉："今天开大会做什么？""动员分田"，雷伴吉答。

"把财主的田分给我？"

028

郿县三区一乡苏维埃政府印

“分给你!”

“是真的吗?”

“当然是真的。”

“好。”花苟大叔笑得嘴都合不拢:“别的田我不要,我就要瓜冲那一石田!”说着,颤抖地从口袋里拿出一张变黄了的纸条,交给雷伴吉,原来是以田抵债的字据。

“好!大叔做得对!”“土豪劣绅欠下的债,我们要算清,朱军长会给我们做主!”

老人听了,眉开眼笑,说:“只听说朱军长来了,我可还没见过哩!”

“怎么没见过?那天帮你做田塍的,就是朱军长!”雷伴吉告诉老人。

老人惊讶地说:“他就是朱军长!怪不得对我们穷

星星之火　可以燎原

——井冈山斗争的故事

苦人这么亲。可真是我们的贴心人!"从此,朱军长带领群众打土豪、分田地又组织耕田队的事迹传开了。群众高兴地唱起山歌:

哎呀嘞——

新城来了朱军长,

穷苦百姓喜洋洋。

拨开云雾见天日,

幸福日子万年长。

打土豪、分田地虽然解决了井冈山军民暂时的困难,但由于敌人的包围与封锁,不久他们又陷入了没有盐、没有米的困境。

朱德旧居

食盐是一种很普通、很常见的食物。人体需要盐分，如果长期不吃盐，就会全身无力，甚至连走路都很困难。在井冈山斗争的艰苦岁月里，由于国民党反动派实行经济封锁，禁止买卖食盐，根据地军民吃盐非常困难。谁能想到，那时盐比粮食还要宝贵！

一次，朱军长带领红军，来到离井冈山根据地不远的碧洲村。这里，经常遭"白狗子"的骚扰，有的人家被逼得没有活路，只好逃到外地去谋生。因此，一个百十户人家的村子，竟看不到几个人。

朱军长带着警卫员走进村里，来到一座茅屋前，听听里面有些声响，便上前去轻轻地敲了敲门："老乡，有人在家吗？"

"……"半天里面没有人回答。

"老乡，请开门！我们是红军！"警卫员又轻轻地敲了敲门。

"啊！红军?！"茅屋里有人说话了。

"是呀！我们是工农红军！"朱军长走上前说。

顿时，茅屋门"吱呀"一声开了，走出一个六十多岁的老人，手里拄着一根棍子，望了半晌，惊异地说："你们是红军?"

当他看到军帽上的红星，眼睛一亮，慌忙迈出门坎，走上前来。刚走两步，突然"扑通"一声，跌倒在地。

耒阳县工农兵苏维埃政府印

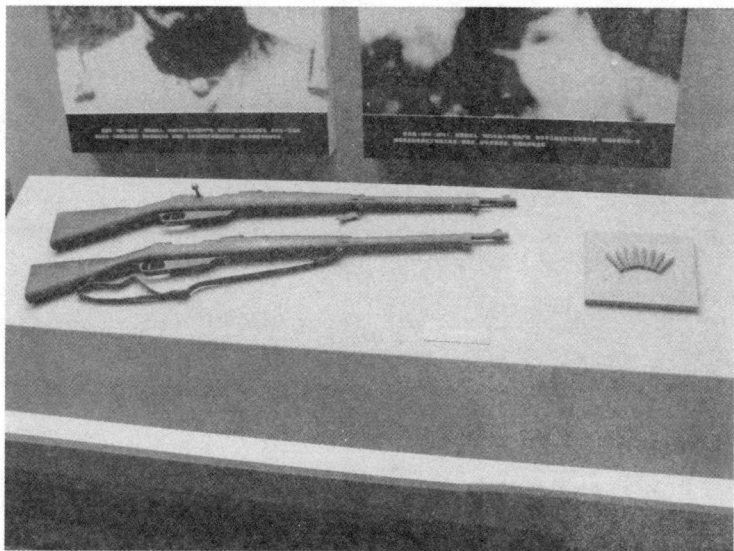

朱军长和警卫员连忙上前，把老人扶起来："老人家，怎么啦?"老人支撑着棍子，吃力地站起来，蜡黄的脸上，露出痛苦的神色。

"老人家，有病吗?"朱军长关切地问道。

"没，没病……"老人摇摇头。

"不要紧，有病就说嘛，都是自家人!"朱军长转过身来，又对警卫员说："赶快叫卫生员来!"

"不，不麻烦了，我是真的没病呀!"老人叹了口气，告诉朱军长，由于反动派对根据地实行经济封锁，他已六个月没有尝过盐味了。

朱军长听了，知道老人真的没病，只是因为长期缺盐，才弄成这个样子。望着眼前站立不稳的老人，朱军长半晌没说出话来。他吩咐警卫员："赶快到军需处领些硝盐来，"

"那不行，那不行，你们的盐也不够吃呀！"老人连连摆手，他知道红军战士吃的盐，也是辛辛苦苦从含有盐分的土里熬出来的。

警卫员还是去了，不一会儿就拿了一包盐来。朱军长把盐包交给了老人，说："先凑合着吃吧，等打了胜仗，弄到了盐，再送些来。"

老人双手捧着盐包，两眼湿润润地望着朱军长说："够了，够了，千万不要再送来了。你们红军更需要盐，你们要行军，要打仗啊！"

临走，朱军长还对老人说："等打过了仗，我们再

来看你！”

老人满含着热泪，目送着朱军长走远了，才回到屋里。

过了几天，警卫员又来到茅屋前轻轻地敲门。老人打开门一看："啊，怎么你又来了？"

"朱军长叫我给你送盐来了！"警卫员从背袋里拿出一包食盐，递给老人。

"朱军长？这包盐是朱军长送给我的？"老人激动得微微发抖。

"是，是朱军长！"

"朱军长！他，他认识我？"

"认识，认识，他来看望过你！"

"他来过?"老人感到惊奇。

"是呀,那天带我来的,就是朱军长!"警卫员以为老人忘了,便说:"你不是还告诉朱军长,六个月没有尝过盐味了吗?"

"啊,他就是朱军长!"老人像一下子醒过来似的:"他就是为我们穷人打天下的朱军长啊!"

警卫员告诉老人,前两天,部队打了胜仗,从敌人手里缴到了一些盐,朱军长特地吩咐他送一些来。

老人抚摸着那包珍贵的食盐,深情地说:"朱军长!你带那么多兵,管那么大的事,还把我们穷人家缺盐的这点小事,时刻放在心上啊!"

红军不仅把绝少的盐送给百姓,同时宁肯自己挨

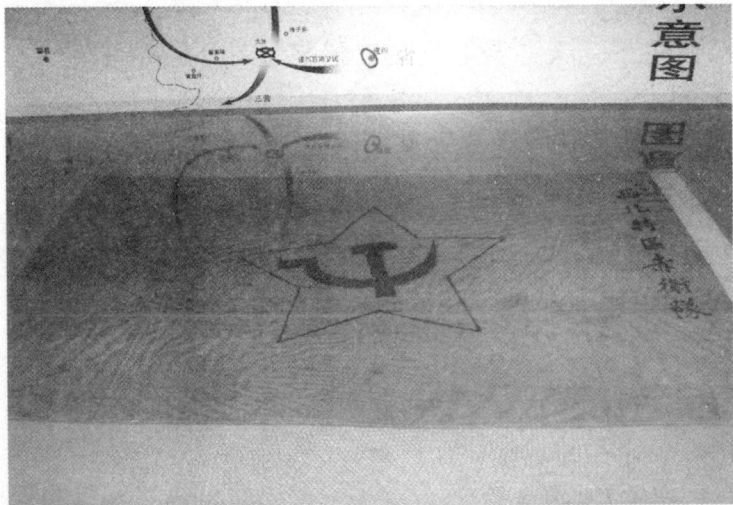

西北特区赤卫队旗帜

饿，也把不多的米送给群众，使人民群众深受感动。

每到夏季收割之前，正是农村青黄不接的时候，穷人十家就有九家揭不开锅。

1928年，农民们虽然打土豪分了粮食，日子比先前好多了，但到了收割之前，还是有不少农民家要断粮。

农民黄文美已经吃了两顿野菜。一家人老的老、小的小，眼睁睁地望着黄文美，黄文美没法子，便到洋桥湖找老友谢慈俚想办法。谢慈俚苦笑着说："文美，不是我不肯借，实在是没有米了。"

黄文美指着谢慈俚的灶说，"你的饭锅正冒气哩，还说没有米！"

星星之火 可以燎原
——井冈山斗争的故事

工农革命军军装

谢慈俚解释说："我家早就断了顿，前几天，毛委员给我送了十斤米，刚好吃到今天。"

黄文美长长地叹了一口气，抽身出门，准备到别家去借。

这时，毛泽东同志来了，他看见黄文美手里拿着空米袋，愁眉苦脸的，心里就明白是怎么回事了。他关心地问："又没米下锅啦？"

"嗯！"黄文美犹豫了一下，说："没，没什么。"

毛泽东同志笑着说："莫瞒我，我看得出来。"说着，他从黄文美手里接过米袋，找到事务长，说："有个事同你商量一下，黄文美没米下锅了，一家大小等饭吃，你能不能称点米给他送去？"

"当然可以，我们部队每人少吃一口也有了！"事务长接过米袋子，称了二十斤米，送到黄文美家。

黄文美全家都激动得流了泪，黄文美说："红军真伟大，宁可自己饿肚子，也要送米给我们，毛委员真和穷人心连着心，穷人的温饱时时放在心上。"

当天中午，毛泽东同志召开干部会，中心议题是：如何帮助群众度过青黄不接造成的缺粮困难？毛泽东同志号召部队节约粮食，帮助群众度荒。干部们一致赞同毛委员的意见。

晚上，部队以班为单位，讨论节约粮食的事，战士们纷纷表示，为了能多节约一些粮食送给群众，部队可以多吃青菜或在饭里多掺些菜叶子。节约粮食的方案一下子就定出来了。

翌日，毛泽东同志组织了三个调查组，亲自领着到村里作调查，看哪家是缺粮户，哪家困难最大？调查组带着粮食，亲自送到群众家里。

在毛泽东、朱德的亲自关怀下，在红军战士们的帮助下，人民群众终于度过了灾荒，生活一天天好起来。然而，吃水不忘挖井人，人民群众想方设法支援红军，于是一个又一个同样感人的故事发生了。

1928年3月底的一天，有一位农民老爷爷悄悄地

来到茨坪——毛泽东的住地，找到毛泽东的警卫员，硬塞给他一条大鲤鱼，并诚垦地说："毛委员每天都为穷人奔波、操心、劳累，这条鱼请他补补身子，这也是我们的一点心意呀！"

警卫员再三推辞，并告诉那位农民爷爷："毛委员制定了'三大纪律六项注意'，他是绝不会要您的东西的。"可是老爷爷不肯听，警卫员只得收下。

第三天，当毛泽东作完社会调查回到茨坪后，告诉警卫员他还没吃饭，警卫员一听高兴坏了。他笑着对毛泽东说："我来给你做"，"今天有好吃的哩。"于是打开缸盖，提出一条活蹦乱跳的鲤鱼来。

毛泽东一看，马上说道："慢点，这鲤鱼多少钱一斤?"

"没花钱。"战士只得如实报告了老爷爷送鱼的事。

"那不行!"毛泽东同志神态严肃地说:"我们当干部的,应当模范执行纪律,不拿工人农民一点儿东西。"

警卫员为难地说:"鱼在缸里养了两天啦,这次收下,下次不收就是啦!"

毛泽东同志生气地说:"不行,群众的东西,一次也不能收,马上把鱼送回去。"

警卫员坚持说:"送回去,人家会怪我们的。"

毛泽东同志只好让警卫员把钱如数付给老公公,并把情况向老公公讲清楚。

像这样的事情还有很多

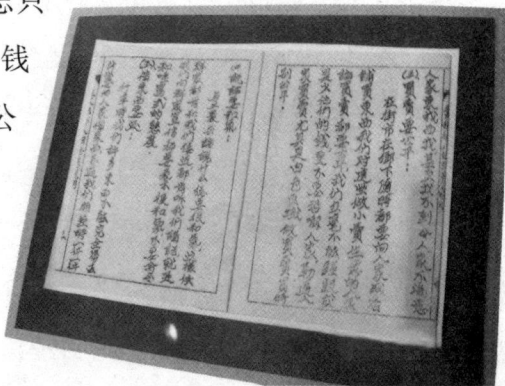

三大纪律六项注意

很多。比如当工农革
命军在云山上练兵的
时候，井冈山的老百
姓就经常把南瓜、萝
卜、青菜挑上山，送
给部队吃，表达他们
热爱子弟兵的心意。可是每一次都受到部队的谢绝，
或者给钱。部队的事务长响应毛委员的号召告诉老乡
们说：我们红军是人民的军队，因此我们"不拿工人

农民一点儿东西"，这是"三大纪律六项注意"明文规定的。然而群众却想方设法表达他们热爱红军的心意。

【井冈名言录】

只有领导者下决心与群众同辛苦、同生死，集中力量作盘旋式的游击，才能度过难关。

——彭德怀

有一个姓谢的老乡，有一天挑了满满一担菜，翻山越岭，头顶烈日，气喘吁吁地来到事务长面前，硬要把菜塞给事务长，事务长看着老谢感动地说："老乡，你们的心意我收下了，可这菜你挑来了，我们用钱买，如果不收钱，我们就不要菜。否则就违背政策，毛委员是不许我们这样做的。"

听完事务长的话，老谢颇有理由地回答说："你们为穷人打土豪，流汗又流血，难道吃点儿菜还不应当吗？"

事务长振振有辞，回答道：

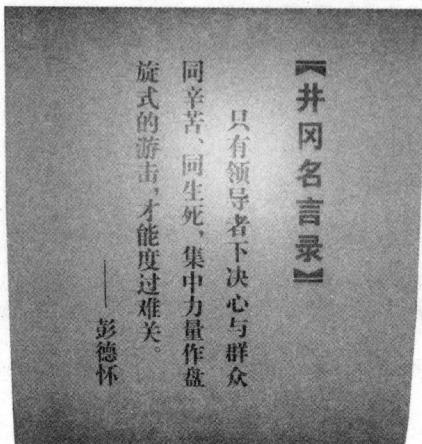

根据地县、团以上主要干部职务变换情况
1929年1月

	原任职务	变换职务
滕代远	红五军党代表	红五军党代表，湘赣边界特委常委
	湘赣边界特委书记	前委职工运动委员会负责人
邓乾元	湖南省委特派员	湘赣边界特委书记
	红四军干部	红五军参谋长
宛希先	前委干部	湘赣边界特委常委、巡视员
	红四军三十一团团长	红四军参谋长
袁文才	红四军三十二团团长	红四军参谋长
	红四军三十一团党代表	红四军二十八团党代表
蔡协民	红四军三十二团党代表	红四军三十一团党代表
	红四军二十八团党代表	宁冈县委书记 红四军三十二团党代表
伍中豪	红四军三十一团副团长	红四军三十一团团长
	红四军三十二团副团长	红四军三十二团团长
陈毅安	红四军特务营党代表	红五军副参谋长

"为穷人打仗，这是我们的本份，如果我们白吃老百姓的东西，同国民党反动派和军阀的兵有什么两样呢？"

老谢说不过事务长，灵机一动，他把菜担子往伙房里一放，掉头就跑，边跑边说，"莫嫌少，一点儿心意！"

"老表，你停一停，停一停啊！"老谢跑得飞快，一眨眼就过了山梁。

怎么办呢？正在这时，毛泽东同志迎面走来了，事务长赶紧把情况一五一十说给毛泽东同志听。

毛泽东同志走进伙房，看了看那个老乡送来的一担菜，两只筐里装着萝卜，足足有四五十斤。毛泽东同志感慨地说，有这样的好人民，我们革命怎么能不胜利呢！于是让事务长马上把钱和装菜的箩筐送给老乡，并向他致谢！

另外，乡亲们还多次自动组织起来为红军打草鞋。

有一次，当乡亲们知道毛委员、朱军长要离开井冈山开辟新的革命根据地时，便纷纷议论着要送点什么东西给红军，以表示他们对红军的热爱和感激。

一位白发老公公，捋着胡子，微笑着说："这次，红军千里迢迢出远门，天天要行军。依我看，还是多打几双草鞋送给红军吧，穿上咱们的草鞋，让红军多打胜仗，让天下的穷人都过上好日子！"

老公公的话，受到大家的一致赞同，于是在大陇乡妇女主任张菊粧的带领下，家家户户亮起灯来，赶

井冈山斗争创造的"工农武装割据"的新鲜经验，有力地推动了全国革命根据地的发展。

打草鞋，整个村庄热闹非凡，像过节一样。

第二天一大早，大家把打好的草鞋集齐到一起，足足有两担。在大家的推举下，菊粘同丈夫自告奋勇去送草鞋，他们一路飞跑，恨不得脚下生风，早早见到就要离别的亲人，捎上乡亲们送上的礼物。他们上了黄洋界，走到榔(hú)树下。丈夫说："这是毛委员和朱军长挑粮歇肩的地方。"菊粘想起她双手捧着凉茶给毛委员和朱军长喝的幸福情景。

他俩想着，说着，不知不觉来到朱军长住处。朱

军长一眼就认出来，笑着说："你就是大陇乡妇女主任菊粘嫂子吧？请坐呀！"

朱军长看着他俩熬红了的眼睛，又看看一双双结结实实的草鞋，关切地说："又劳你们熬夜了，乡亲们辛苦了，多谢你们啊！"

听着朱军长深情的话语，菊粘夫妇觉得一股暖流涌上心头。"你们，就要走了？"菊粘望着朱军长问道。

朱军长点点头，说："是啊，就要走了。红军要到赣南闽西去，这是毛委员的英明决策，是一着高明的棋。"他又说，敌人从哪里打进来，我们就从哪里打出去，东方不亮西方亮，黑了南方有北方。红军要壮大，根据地要发展，星星之火，一定要燎原。

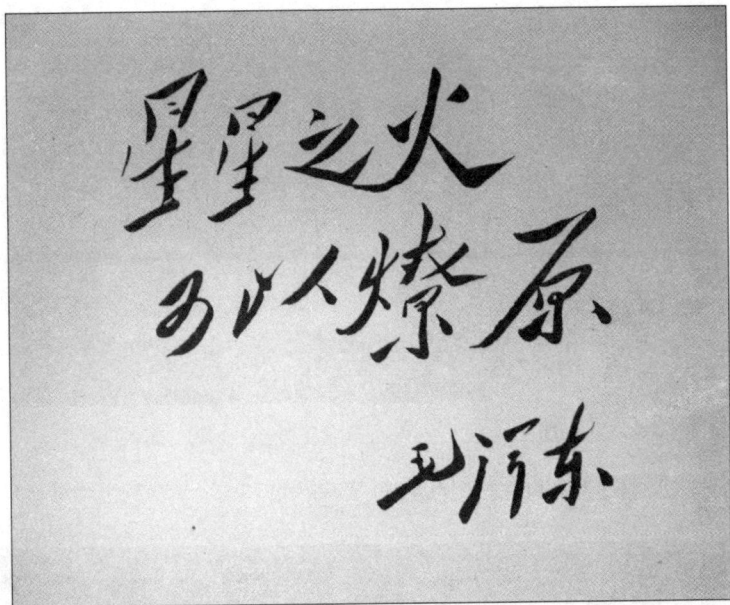

星星之火

可以燎原

毛泽东

　　一个参谋拿着一卷布告进来，请朱军长看看。朱军长拿出一张，一字一句轻声地念起来：

　　　　全国工农，风发雷奋，夺取政权，为期日近。革命成功，尽在群众。布告四方，大家起劲。

　　　　　　　军长　朱德　　党代表　毛泽东

　　朱军长念完布告，沉吟片刻，说："没有什么好东西送你们，就送这张布告吧！要坚信，有毛委员的英明领导，星星之火必将燎原全国。你们回去转告乡亲

们，要大家放
心，打败了国
民党反动派，
我们一定会回
来！"

夫妻俩流
着热泪说，愿
你们天天打胜
仗，愿你们早日回井冈！

茶陵农会的印章

三湾改编

1927年9月29日至10月3日，毛泽东在江西省永新县三湾村，领导了举世闻名的"三湾改编"。

第一，整编部队。把原来的工农革命军第一军第一师缩编为一个团，下辖两个营十个连，称工农革命军第一军第一师第一团。第二，党组织建立在连上。设立党代表制度，排有党小组，班有党员；营、团以上有党委，全军由毛泽东领导前委，从而确立了"党指挥枪"的原则。第三，连队建立士兵委员会。实行官兵平等，经济公平，破除旧军队的雇佣关系；初步酝酿出"三大纪律六项注意"。随即，部队开始整编。

此后，三湾改编所确立的建军原则，在整合袁文才和王佐的井冈山农民武装、朱德和陈毅的南昌起义余部、毕占云和张威起义部队、彭德怀和黄公略起义部队、季振同和董振堂的宁都起义部队的过程中，都得到了有效的坚持。

毛泽东创造性地确立的"党指挥枪""支部建在连上""官兵平等"等一整套崭新的治军方略，为建立起一支打不垮的工农红军，积累了宝贵的经验。三湾改编是中国共产党建设新型人民军队最早的一次成功探索和实践。

改编袁文才、王佐农民武装

井冈山地区过去长期有"山大王"，秋收起义部队进驻前，有袁文才、王佐两支绿林式的农民武装。王佐部驻扎在山上的茨坪和大小五井等处，袁文才部驻扎在井冈山北麓的宁冈茅坪，互相配合，互相呼应。

工农革命军要在井冈山立足，不得到袁文才、王佐的支持是不行的，而事情并不那样简单。他们两人虽然参加过大革命，袁文才还是共产党员，但他们对前来的这支工农革命军并不了解，还担心这支比他们力量强大得多的部

王佐少年时习武用过的石锁

队上山会不会"火并山寨",夺取他们原有的地盘。袁文才派代表表示,可以接济工农革命军一些给养,但请工农革命军"另找高山"。怎样说服和争取这两支农民武装?毛泽东选定先从已加入中国共产党的袁文才入手,再通过他去做王佐的工作。

毛泽东了解到,他们最看重枪,人可以少一个,枪却不能少一支。袁部有一百五六十人,只有六十支枪。于是,毛泽东向前委提议,准备一下子送他们一百支枪,将袁文才的全部人员都武装起来。前委成员听到这个大胆的设想,有的人表示怀疑,经过毛泽东反复说明,才以多数通过。

毛泽东从绿林好汉重义气、多猜疑的特点出发,只带几个随员到宁冈大仓村去会见袁文才。袁文才原来还有些怕,预先埋伏下二十多人,二十多支枪。见到毛泽东只来几个人,他就比较放心了,埋伏的人始终没有出来。

见面中,毛泽东充分肯定他们"劫富济

　　1928年2月，袁文才、王佐部属在朱家祠堂被编为工农革命军第一师第二团，二人分别任正副团长，何长工任团党代表。

贫"的革命性，同时也说到了工农革命军目前的困难。双方谈得很投机。毛泽东当场宣布送给他们一百支枪，这很出袁文才的意料，也使他很受感动。袁文才向毛泽东表示，一定要竭尽全力帮助工农革命军解决各种困难，随即回赠给工农革命军六百块银元，并同意工农革命军在茅坪（这是一个有六十多户人家的村子）建立后方医院和留守处，并答应做王佐的工作。

　　当然，问题并不是在一次见面中就能全部解决的。袁文才当时对毛泽东说："你们既然来了，就有福同享，有难同当，伤员和部队的粮油我管，但钱，宁冈有限，还需要到酃县、茶陵、遂川一带去打土豪。"话讲得很客气，但显然已包含着推托的意思。至于王佐的态度如何，那时还不知道。解决这些问题，需要一些时间而不能操之过急。因此，毛泽东决定工农革命军主力在井冈山周围打游击，先向湘南的酃县方向挺进，筹些款子，熟悉周围环境，探听南昌起义军进入广东后的情况，而把留守部门和伤病员安置在茅坪，请袁文才代管。不久，又应袁文才的要求，派党员军事干部到袁文才部队里帮助他们进行政治和军事训练，工农革命军和袁、王部队的关系一天天密切起来了。

　　工农革命军到了井冈山后的第一件事，就是抓军队和地方的党建工作。同时毛泽东也抓紧了对袁文才、王佐这两支绿林式农民武装的教育改造工作。他多次同袁文才谈心，既肯定他们反对土豪劣绅的革命精神，又指出他们受封建帮会影响、政治目标不明、阶级界线不清等问题，循循善诱地帮助他们提高政治思想水平。袁文才十分佩服，对部下说："跟毛委员一起干革命，不会错。"毛泽东又几次上山同王佐交谈。王佐逢人就说："毛委员是最有学问的人，同他谈上一次话，真是胜读十年书！"应王佐的要求，毛泽东在1928年1月上旬派曾经留学法国的何长工到王佐部当党代表，做团结、改造王佐部队的工作。何长工经过耐心的多方面的工作，逐步消除了王佐原有的戒心，特别是帮助王佐消灭了他多年的宿敌，取得王佐的信任，使改造王佐部队的工作得以顺利展开。

经征得袁、王同意

毛泽东送给袁文才的马蹬

星星之火　可以燎原

——井冈山斗争的故事

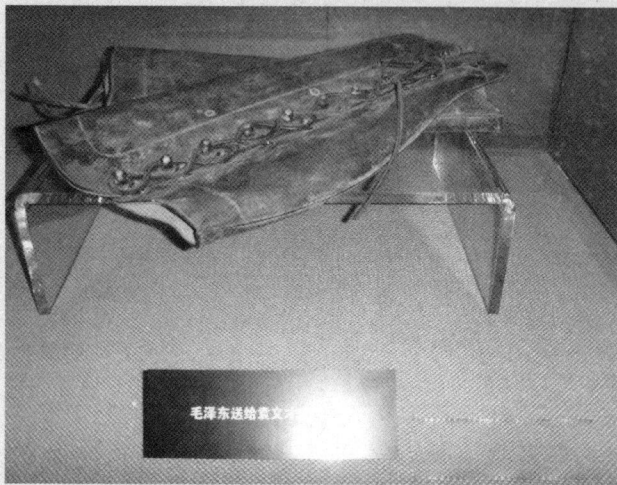

毛泽东送给袁文才的皮裹腿

后，在他们的部队里也建立起党的基层组织和士兵委员会。工农革命军又派了二十多名党员干部，分任袁、王部的连长、排长和党代表。部队的政治和军事素质有了提高。1928年初，王佐加入了中国共产党。这年2月中旬，袁、王部队正式编为工农革命军第一师第二团，袁文才任团长，王佐任副团长，何长工任团党代表。工农革命军和袁、王部队正式合为一体，在井冈山站稳了脚跟。

吃苦在前的毛委员

国民党反动派对井冈山革命根据地恨得要死，怕得要命，不仅在军事上进行疯狂的"会剿"，而且在经济上实行残酷的封锁。井冈山的生活异常艰苦。

毛泽东同志生活上从来不搞特殊化，时时处处都严格要求自己，与战士同甘共苦。如在用油上，当时井冈山的油非常紧张，煮菜要用油，点灯要用油……可是敌人封锁得紧，油进不了山；山上只出产点儿茶油，也很少很少。偶尔，下山活动的部队打土豪搞了点儿油，就成了宝贝了。

井冈山会师（油画）

星星之火　可以燎原
——井冈山斗争的故事

秋收起义用过的松树炮

因此，在上山不久，毛泽东同志就亲自向全军宣布了一个关于用油的规定。内容是：各连（直至营和团以上机关）办公时用一盏灯，可点三根灯芯，在不办公时，即应将灯熄掉。连部要留一盏灯，以备班、排查哨等用，但只准有一根灯芯。

此后，在井冈山上，全军都严格地遵守了这一规定，战士们在毛委员的教育下，都深深懂得了，在这样艰苦的情况下，只有精打细算、省吃俭用，才能保证全体人员有油吃，使有限的物资用得时间更长一些，从而渡过难关。

毛委员更是以身作则，带头执行这一规定。

有一天，夜色降临，战士营房和干部驻地都按照规定的灯芯数点起了灯。顿时，井冈山上星光闪闪，然而只有一盏灯最暗淡，那就是毛委员窗口的灯光。警卫员很奇怪，轻轻地走进屋子一看，原来毛泽东同志的青油灯只点着一根灯芯。毛泽东正在灯下聚精会神地看书写文章。

屋里的油灯实在太暗了，警卫员马上轻手轻脚地加了一根灯芯，顿时，灯便亮多了。

毛泽东同志抬起头，说道："不用加，有一根灯芯就够了。"

警卫员只好提醒说："不是规定营以上可以用三根灯芯吗？何况，你每天都工作到深夜，灯光太暗，影响视力……"

星星之火　可以燎原

——井冈山斗争的故事

毛泽东同志用手把那根灯芯挑开后，说："我每天少用两根灯芯，不是可以多节省一点油吗！"说罢，毛泽东同志继续写作！

熄灯号"滴滴嗒嗒"吹响了，战士们都吹熄了灯，可是那个暗淡的灯光却依旧亮着，直到天明。

就在这盏只有一根灯芯的油灯下，毛委员写出了指引中国革命胜利前进的《中国的红色政权为什么能够存在》《井冈山的斗争》等光辉著作。

毛委员在穿着上更是带头艰苦朴素。

当时已是隆冬天气，大雪纷飞，滴水成冰。井冈山上更是寒气逼人。而毛泽东同志身上只穿着三件单衣，在那样的天气，穿着单衣办公，一坐就是几小时，甚至十几小时，有时冻得实在难受，就把毯子裹在身上，尤其是夜晚寒气逼人，毛泽东同志就常常在屋子里原地跑步来御寒。

这件事让毛泽东的房东谢槐福知道了，他向事务长作了报告，要事务长想想办法。

事务长说："我们早就给毛委员送过几次棉衣，他都不肯要，他说，等到每个战士都发齐了再发给他。"

当天下午，事务长又从工农革命军的被服厂领了一件新棉衣，给毛泽东同志送去，他已作好准备，万一毛委员不要，就耐心说服他。

可是，出乎事务长的意料，这回，毛泽东同志二话没说，就把棉衣收下了。事务长乐得满脸是笑纹，他跑出去对谢槐福说："毛委员有棉衣穿了。"

茶陵县总工会纠察队的袖章

"好哇，好哇，毛委员往后办公就不冷啦！"谢槐福比自己穿上了棉衣还高兴。

事务长一走，毛泽东同志就把他叫进屋内去。

谢槐福兴冲冲地走进屋内问："毛委员，你叫我？"

毛泽东同志笑着问："你冷吗？"

"我……我不冷，毛委员，我不冷。"谢槐福口里回答着，心里却感到诧异，毛委员怎么问这个？

"我看你很冷，不冷是假话！"毛泽东同志走到谢槐福身边，摸了摸他那露在破衣外的胳膊，说："我这件新棉衣送给你。"

"这……，这不成……这……"谢槐福声音颤抖地说："毛委员，我冷点不要紧，你是我们的引路人，可不能冻坏你呀。"

毛泽东同志把棉衣塞到谢槐福手里，说道："快莫这样说，没有天下工农大众，我们搞什么革命，来，快把它穿上。"

谢槐福只好含着热泪穿上了棉衣。

当天晚上，在灯下，毛泽东同志仍然穿着三件单衣办公，身上仍然裹着那条旧毯子，一直工作到深夜。

在生活待遇上，毛泽东同志也坚持和普通士兵一样，同吃五分钱一天的伙食，同吃红米饭，南瓜汤；行军时不坐轿子，不骑马；睡觉时，盖的是薄毯子，垫的是干稻草。总是吃苦在前，享受在后。

有一日，正是夏收之前，粮食特别缺。为了节约更多的粮食帮助群众度荒，

井冈山的斗争，"奠定了中国人民大革命胜利的基础"。井冈山革命根据地与各根据地的联系不断加强，有力地推动了中国革命的发展，直接推动了中央革命根据地建立和中华苏维埃共和国的成立

从革命的摇篮到共和国的摇篮，井冈山斗争的星星之火燃遍中国，最终夺取了民主革命的全国胜利。

连队改吃两稀一干，每餐做饭，米里还掺着野菜。毛泽东同志和战士们一样，手捧着钵头喝野菜粥。战士们见了，比利箭穿心还难受！

炊事员忍不住，下午悄悄地专门做了一碗白米饭，准备给毛委员吃。

吃饭的号声响了，毛委员端起了桌上的白米饭，大家正暗自高兴，可他并没有吃，而是问道：今晚大家吃什么？

炊事员本想隐瞒事实，可在毛泽东同志锐利的目光下，只好一语不发。这时，毛泽东同志一步奔到屋外，掀起盛饭的桶盖，只见里面是一大桶热气腾腾的野菜粥。毛泽东同志二话没说，把那碗白米饭都倒在

粥桶里，用勺子轻轻地搅了搅，然后满满地舀了一碗野菜粥，跟战士们一起大口大口地喝了起来。

井冈山上的艰苦除了穿不上棉衣、吃不上饭以外，还没有布鞋，要穿草鞋或打赤脚。山上的红军天天爬山，打游击时，常常拖着敌人的"牛鼻子"，翻山越岭，走几天几宿，因此鞋是部队的大问题。为了使部队战士都有鞋穿，毛泽东亲自学打草鞋。

有一天，毛泽东来到洋桥湖的贫苦农民谢慈俚家，微笑着对老谢说：听说你草鞋打得挺好，教教我行吗？谢慈俚激动地望着毛委员，心想从来还没见过一个这么大的官学打草鞋，但看着毛泽东诚恳的神态，只好答应。

晚上，一轮明月高高地挂在湛蓝的夜空，群星闪耀着晶莹的亮光，野花的芳香弥漫于整个山坳。

谢慈俚的门口，摆着打草鞋的工具，毛泽东同志坐在木凳上，按着谢慈俚的指点，学打草鞋。师傅教得认真，学生学得专心，两人忘记了睡觉，忘记了疲劳，一双草鞋很快就打成了。

第二天，起床号一响，谢慈俚拿着一双草鞋，喜悦地跑到战士们住的地方，说："你们看看这双草鞋——"战士们说："这双草鞋打得好，底板船样平，绳脚牢又紧，要得！"

有的说："一定是你谢慈俚手里出来的货！""不是！"谢慈俚兴奋地说："这双草鞋是毛委员打的。"

战士们听后，深受感动，从此在毛泽东同志的带

井冈山革命根据地的建立，在我们党和人民军队发展史上具有极为重要的地位和极其深远的意义。它将永远炳于中国革命的光辉史册。在井冈山斗争艰苦岁月里孕育的井冈山精神，集中体现了马克思主义的首创精神，体现了我们党和人民军队的性质和宗旨，体现了中国共产党人的坚定信念和高尚情操，对中国革命历史进程产生了广泛而深远的影响。

井冈山精神，将永远鼓舞着我们把中国特色社会主义的伟大事业坚定不移地推向前进！

动下，战士们人人学打草鞋，个个争当打草鞋的能手。一双草鞋变成了千万双草鞋……

医药更是井冈山上的紧俏物品。

由于国民党反动派的封锁，井冈山的物资供应十分困难，药品十分缺乏，红军医院主要靠中草药给伤病员治病。

这天下午，宛希先同志从前线回来，到八角楼向毛泽东同志汇报工作。奇怪的是，毛泽东同志并不在办公室。他上哪里去了呢？

星星之火　可以燎原
——井冈山斗争的故事

"咚，咚咚，咚——"

这时，从楼下传来一阵舂米声，宛希先同志下楼一看，呀，舂米的不是别人，正是毛泽东同志！只见他满头大汗，吃力地举着舂杵，一下下地舂着，舂着……。

红军班长马义夫塑像

马义夫在新七溪岭战斗中用自己的身体挡住敌人的枪口，为战友们铺平了胜利的道路。

宛希先从毛泽东同志的动作，看出他身体不舒服，连忙走上前，伸手摸了一下毛泽东的额头，感到烫手。

"毛委员，你病了！"宛希先吃了一惊。

毛泽东同志笑了笑说："你呀，就喜欢大惊小怪！我这不在治吗？"

"毛委员，我对你有意见，你太不爱惜自己的身体了！"说完，宛希先立即离开八角楼，到红军医院请来了一个医生，给毛泽东同志看病。

医生认真地检查了毛泽东同志的病情，确诊他患的是重感冒。医生珍重地从口袋里取出一个小玻璃瓶，倒出仅有的六粒药片，对毛泽东同志说："这是退热

党旗党徽简介

中国共产党党旗党徽是中国共产党的象征和标志，党旗为旗面缀有金黄色党徽图案的红旗。中国共产党党徽为镰刀和锤头组成的图案。中国共产党党旗底色为红色，红色象征革命，黄色的锤子、镰刀代表工人和农民的劳动工具，象征着中国共产党是中国工人阶级的先锋队，代表着工人阶级和广大大民群众的根本

片，分三次服，每次两片。"

毛泽东同志把药片放在掌心，没有做声。

宛希先同志说："毛委员，快服药吧。"

毛泽东同志并没有服，把头侧向医生说："我们的西药太缺了，你们有别的办法吗？比如说多弄些中草药，土方子？"

"我们正在这样做，这几天，我们搞了很多草药配方。"

毛泽东满意地点了点头。这时他又详细地问起红军医院的情况。

宛希先同志为了不影响毛泽东同志的休息，不断地向医生使眼色，医生立即告辞了。

回到医院，医生的心情久久不能平静。他把毛委

员关心红军医院的事讲给同志们听，大家很受鼓舞，同时，也都挂念毛委员的身体，惦念他的病情。

正在这时，一个红军战士走进来，他把一只小纸包交给医生，说："毛委员要我交还给你。"医生打开纸包一看，原来是刚才开给毛委员的六粒退热片。医生拉住红军战士的手，一定要他带回给毛委员，那战士为难地说："毛委员不会收的，他说，医院西药紧张，留给伤病员用。"

割据地区的现势

今年四月以来，红色区域逐渐推广。六月二十三日龙源口（永新宁冈交界）一战，第四次击破江西敌人之后，我区有宁冈、永新、莲花三个全县，吉安、安福各一小部，遂川北部，酃县东南部，是为边界全盛时期。在红色区域，土地大部分配了，小部在分配中。区乡政权普遍建立。宁冈、永新、莲花、遂川都有县政府，并成立了边界政府。乡村普遍组织了工农暴动队，区县两级则有赤卫队。七月赣敌进攻，八月湘赣两敌会攻井冈山，边界各县的县城及平原地区尽为敌据。为虎作伥的保安队，挨户团横行无忌，白色恐怖布满城乡。党的组织和政权的组织大部塌台。富农和党内的投机分子纷纷反水[4]。八

井冈山革命根据地

秋收起义部队在攻打中心城市受挫后，以毛泽东为书记的前敌委员会当机立断，毅然改变原定部署，决定到敌人控制比较薄弱的山区寻求立足地。10月，毛泽东率领湘赣边界秋收起义的工农革命军到达罗霄山脉中段的井冈山地区，开展游击战争，进行土地革命，先后在宁冈、永新、茶陵、遂川等县恢复和建立了党组织，发展武装力量，开展游击战争，领导农民打土豪、分田地，建立红色政权，实行工农武装割据，建立革命政权和赤卫队。与此同时，经过团结、教育、改造工作，将袁文才、王佐两支农民自卫军编入工农革命军。

至1928年2月底，包括宁冈全县，遂川西北部，永新、酃县、茶陵等县部分地区的井冈山革命根据地初步建成。

1928年4月底，朱德、陈毅率领南昌起义保存下来的部队和湘南农军到达井冈山，和毛泽东领导的工农革命军会师，成立了中国工农红军第四军。5月，组成了毛泽东为书记的中共湘赣边界特别委员会；接着成立了袁文才任主席的湘赣边界苏维埃政府。红军在赤卫队和人民群众配合下，接连打破了江西国民党军的多次"进剿"。至6月，井冈山革命根据地拥有宁冈、永新、莲花3个县和遂川、酃县、吉安、安福等县的部分地区。之后，又打破了湘赣两省国民党军的两次"会剿"。

12月，彭德怀、滕代远率领红五军主力到达井冈山，同红四军会师。此后，红军粉碎了敌人的多次"围剿"，根据地不断扩大。1929年1月，毛泽东、朱德率领红四军主力向赣南、闽西挺进后，留下一部红军坚持井冈山的斗争。

井冈山革命根据地，是党领导下的第一个农村革命根据地。井冈山革命根据地的创建，为中国共产党领导各地武装斗争树立了榜样，成为中国革命走上建立农村根据地，以农村包围城市，最后夺取全国胜利的道路的开端。

井冈山会师

1928年4月，毛泽东率领的秋收起义部队与朱德、陈毅领导的部分南昌起义部队在井冈山胜利会师，这是中国人民解放军建军史上的重要历史事件。

1927年10月，毛泽东率领工农革命军上了井冈山，创建了以宁冈为中心的井冈山革命根据地。

1928年1月，朱德、陈毅率领南昌起义保存下来的部分队伍，来到了湘南地区。在中共湘南特委和当地农军的组织和配合下，发动了湘南武装起义。3月，在永兴成立了湘南苏维埃政府。3月底，由于湘、桂、粤军的三路"协剿"，起义农军难以在湘南立足。为保存革命力量，除留一部分武装继续坚持斗争外，朱德、陈毅率南昌起义部队和农军向湘赣边界的井冈山转移。

3月下旬，毛泽东率部队在汝城一带击溃

了尾追湘南起义部队的敌军，4月在鄢县的十都与朱德见面。在毛泽东率部掩护下，朱德、陈毅率领的部队于4月中旬抵达江西省宁冈县的砻市，与毛泽东统率的井冈山部队胜利会师，这就是有名的井冈山会师。

根据中共湘南特委决定，两军会师后，合编为工农革命军第四军，朱德任军长，毛泽东任党代表，陈毅为政治部主任。开始编两个师，一个教导大队，旋即取消师部，改为6个团由军部直接领导。全军万余人，枪两千余支。接着在宁冈召开了中共工农革命军第四军第一次党代表大会，会上选举产生了第四军军委，毛泽东任书记。

5月4日，在砻市广场举行会师大会，正式宣布工农革命军第四军的建立(不久改称红军第四军)。

井冈山会师，壮大了井冈山的革命武装力量，对巩固扩大全国第一个农村革命根据地，推动全国革命事业的发展，具有深远的意义。

黄 洋 界

黄洋界在茨坪西北17千米处，海拔1343米，居高临下，扼守山口，巍峨峻拔，形势险要，著名的黄洋界保卫战就发生在这里。毛泽东著名的《西江月》一词，就是为这次伟大胜利而填写的。

现建有一座黄洋界保卫战胜利纪念碑，碑文由朱德书写。另一面镌刻毛泽东的《西江月·井冈山》。碑前有大理石屏风，上有"黄洋界"三个金色大字。

黄洋界保卫战

1928年8月，湖南省委命令毛泽东率红二十八团和二十九团下井冈山开赴湘南。国民党赣军乘虚进攻井冈山。

8月30日，敌军四个团攻打黄洋界。当时山上只有红三十一团一营的两个连。打到下午，红军子弹所剩无几，靠石块御敌。在此关键时刻，红军扛来一门底座已坏的迫击炮和仅有的三发炮弹。前二发都是哑炮，第三发炮弹瞄准敌人山下的指挥部，随着一声口令，只听"轰"的一声，炮弹不仅响了，而且正中敌人指挥部。刹那间，黄洋界上欢呼声、号角声、锣鼓声响成一片。敌人被这突如其来的声势吓坏了，以为主力红军杀上山来，于是连滚带爬收兵下山。

在这次漂亮的黄洋界保卫战的关键时刻，我军仅有的一门迫击炮和一发炮弹起到了至关重要的作用。

20多天后，毛泽东率领红四方面军主力部队回到井冈山，当他听了汇报后，得知红军以不足一个营的兵力，打退了敌人四个团的进攻，保卫了井冈山，十分高兴，当夜便写下了《西江月·井冈山》这首词，以歌颂人民战争的伟大胜利。

勇挑重担

　　在井冈山上，最有意义的一件大事，也是中国人民解放军初创时期有极大意义的一件大事，就是1928年4月，朱德率领南昌起义部队，艰苦奋斗，转战千里，上井冈山与毛泽东会师。朱德带来了三个主力团，和毛泽东会合后成立了中国工农红军第四军。共编成三个师六个团，人数有一万多，朱德任军长，党代表为毛泽东。从此，这两支合二为一的部队就在毛泽东和朱德的领导下，走上正确道路，发展起来，而毛泽东和朱德的名字在中国革命史上，便长期联系在一起

星星之火　可以燎原
——井冈山斗争的故事

了。

从1928年4月到1929年1月向赣南闽西进军，朱德同志在井冈山战斗了九个月。这九个月里他和毛泽东同志一样，与官兵一律平等，政治上讲民主，经济彻底公开，大家一块儿生活，一块儿劳动。其中背粮运动是他们最经常而又最艰苦的劳动。

1928年冬，为了保证部队有充足的粮食过冬，人人不饿肚子，打破敌人的经济封锁，井冈山开展了一个群众性的挑粮上山运动。从宁冈大陇、茅坪到大井、小井、茨坪往返一百多里的路上，挑粮、背粮的人群络绎不绝。

毛泽东同志和朱德同志都身体力行，加入了挑粮的行列。

这天，金鸡刚刚啼鸣，井冈山还笼罩着夜色，毛泽东同志就起了床。警卫员也连忙起身，他说："朱军长同我说过了，你这几天晚上会多，每次都开到半夜，今天就不要去挑粮了。"

毛泽东同志笑了笑说："那个朱军长啊，天天扁担不离肩，哪天少得了他？你莫听他那一套。"说完，毛泽东同志拿起装粮的布袋，顶着凛冽的寒风出了门。警卫员看拦不住，也跟了出去。

人真多，一路上熙熙攘攘，有红军各级干部，有普通战士，有白发苍苍的老人，有年轻力壮的青年，也有少先队员……东方欲晓，天上还闪烁着点点星光，路上看不清人，毛泽东同志和警卫员行走在人群中。

井冈山军事根据地简图

到大陇后，毛泽东装了满满一袋粮。他在前面走，警卫员紧紧跟随着他，虽然他比毛委员年轻，却是毛委员不时地回过头来给他鼓劲，加油。

上黄洋界了，山高坡陡，曲折的山径似乎连接着南天门，人走在上面，像腾云驾雾。大家望着毛泽东同志的身影，禁不住泪花晶莹，深深觉得：毛委员背的不是粮食，而是中国革命的重担啊！

到了五棵横排的大橡树下，毛泽东同志要大家放下粮担，歇歇肩。他和大家一样，从腰上解下饭袋，开始用别有风味的午餐。饭袋里装的是红米饭和辣椒炒南瓜，他用手抓着辣椒和冷饭，吃得又香又甜。

吃完饭，毛泽东同志问："大家苦不苦"？

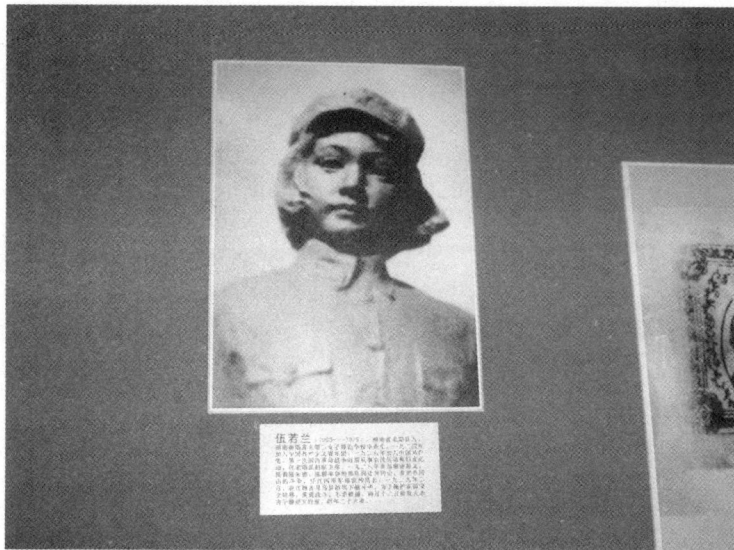

"不苦。"大家不约而同地说。

毛泽东同志笑道："这不是实话。苦是够苦的，但我们吃苦为了什么呢？为的是全中国劳动人民将来不吃苦。"

有个小战士问："毛委员，我们什么时候能胜利呢？"

毛泽东同志深沉地说道：我们井冈山，河里的水慢慢流，终究会流到海里。一根火柴点燃一蔸茅草，蔓延开去，会把全山烧起来。我们无产阶级的革命烈火，一定会从井冈山烧遍全中国。

毛泽东同志的话，深深鼓舞了军民们，使他们继续跟着毛泽东勇敢地上路了。

《中国的红色政权为什么能够存在》

《中国的红色政权为什么能够存在》是1928年10月5日毛泽东为中共湘赣边界第二次代表大会写的决议的一部分，原题为《政治问题和边界党的任务》。这篇文章成为毛泽东关于"工农武装割据"思想的重要来源，对于农村包围城市道路理论的形成是十分重要的。它是形成农村包围城市道路理论的前提和基础，又是农村包围城市道路理论的重要组成部分。这篇军事理论著作成为毛泽东思想形成的重要组成部分之一。

朱德的扁担

朱德也像毛委员一样，与群众同甘共苦。

朱军长已经四十多岁，工作很忙。但是，在轰轰烈烈的挑粮运动中，他像青年小伙子似的，挑着满满的粮担，和大家比赛。战士们看见朱军长为革命日夜操劳，年纪又大，还经常和大家一起挑粮，生怕他累坏了，都劝他不要挑。他感谢同志们的关心，仍然坚

萧劲塑像

萧劲是红四军二十八团三营营长。在七溪岭战斗中，他腹部中弹肠子外流，将肠子塞进腹内，继续战斗，直至牺牲。

持挑粮。

战士们见劝说不了，就商量把他的扁担藏起来，以为这样他就挑不成了。谁知朱军长又削了一根扁担，第二天照样和大家一起挑粮，而且挑得比原来还满些。战士们见朱军长又有了扁担，晚上又把它藏了起来。没想到，第三天朱军长又照样出现在挑粮的队伍里，而且在新削的扁担上，特地刻了"朱德的扁担"五个字。朱军长笑着对战士们说，你们以后再要"偷"我的扁担，我可要批评了，说得战士们哈哈大笑。

从此，"朱德的扁担"这个故事，就像长了翅膀，传遍了井冈山革命根据地；传到了延安，传到了北京，传遍了全中国。

和毛委员一样，朱军长不仅以身作则，吃苦在前，

耒阳县工农兵苏维埃政府印发的劳动券

享受在后，而且他还千方百计关心战士，亲自为生病的同志找药治病。

一天，赤卫队队员老谢的脚被锄头砍伤了，伤口有半个指头深，像小孩的嘴巴似的咧开着，鲜血直流，痛得难受。

这时，一位路过的老红军看见了，立即停下来，就近采了把草药，放在嘴里嚼烂，蘸着溪水替他洗净伤口，把嚼烂的药给他敷上，并把他背回家。这药也真灵，不一会儿，血止了，痛定了，他只觉得火辣的伤口一片清凉。他真感谢这位老医官，可还没问清姓名，老医官就走了。

第二天，老医官又派人送来一包药。老谢向送药来的小战士打听老医官，小战士笑着说："哈哈，那位老医官……他又打仗去了！"

星星之火　可以燎原
——井冈山斗争的故事

过了半个月，老谢脚上的伤好了。在七溪岭战斗中，他拼命救护伤员。有一次，当他抬着一个伤员回来，在路上休息时，一位老

井冈山斗争中积累的建党、建军、建政和土地革命等各方面的宝贵经验在中央革命根据地得到全面的运用和发展。

红军走过来，关切地问担架上的伤员："伤着哪里啦？伤势重不重？"

伤员支撑着坐起来说："伤不重，不要紧的。"

那位老红军轻轻地揭开盖在伤员身上的被单，仔细地察看伤口，说："虽没有伤着骨头，但伤势不轻。现在天热，马虎不得呀！"又对老谢说："你们休息一下，等等我就来。"说着，便朝附近一个山坡走去。不

《井冈名言录》

我们大家要经得起失败的考验，只有经过失败考验的英雄，才是真正的英雄。我们要做失败时的英雄。

——陈毅

　　一会儿，他采了一把草药高兴地走回来，他先把草药放在嘴里嚼烂，然后亲自给战士敷上。他的动作是那样轻，那样细，那样熟练。

　　老谢忽然发现老红军的模样、神态、动作，不就是半个月前给自己治伤的老医官吗？只见那个伤员紧紧地握住老红军的手，激动地说："朱军长，您又当军长，又当'医官'，真比我的父母还亲啊！"

　　啊，他就是朱军长！老谢不由得热泪夺眶而出，他大声喊道："朱军长！您……"

　　朱军长回过头笑了："啊，是你呀！伤好了吗？"

　　老谢高兴地连连点头："好啦，全好啦，朱军长真是太谢谢您啦！"

朱军长摇摇头笑着说:"我们都是革命同志,都是阶级兄弟,应该互相关心,互相爱护嘛!"

朱德同志是这样说的,也是这样做的,他始终把战士们当作亲兄弟,与战士甘苦与共,从不搞任何特殊化,甚至就连理发这些小事情也与战士们一样排队、付钱。

在七溪岭战斗的前两天,毛委员和朱军长带领红四军来到新城。战士们斗志昂扬,精神焕发,很多人都来到南门一个小小的理发店里,想收拾得整整齐齐

去狠狠打击前来进犯的"白狗子"。

理发师黄应发，尽管手艺高，动作快，可人太多，还是有好几个红军战士坐在那里等候。

老黄恨不得多长出几双手。大家边理发，边议论，都对打胜仗信心十足。战士们说："敌人多怕什么？来

星星之火　可以燎原

——井冈山斗争的故事

得多死得多！"

"对，毛委员、朱军长用兵如神，敌人再多也不怕。别说是两只'羊'（指前来进犯的两个白匪军师长杨如轩、杨池生），就是两只虎，我们也要吃掉它！"

正当大家议论得起劲的时候，朱军长面带笑容，精神饱满，悄悄地走了进来，在门边一张矮凳上坐下。

这时，一个战士理完发刚转过身来，一眼看见了，连忙叫道："朱军长！"

战士们全都兴奋地叫起来："朱军长！"

黄师傅一听是朱军长，惊讶得不知说什么才好，赶紧给朱军长倒了一杯茶，请朱军长到里面坐。战士们也马上让开，请朱军长先理发。黄师傅十分抱歉地

说："朱军长,真对不起,让您久等了。"他用毛巾,把理发的椅子掸了又掸,对朱军长说:"请您理发吧!"

朱军长笑着说:"不,那怎么行呢?先来的先理,还是按次序吧!"

战士们异口同声地说:"朱军长,您先理吧,我们等一会儿没关系,您工作多着呢!"

朱军长还是不肯,并说:"理发按先后次序,这也是一种纪律嘛,我怎么能违反呢?"

黄师傅没办法,只好按顺序先给战士理。

终于轮到朱军长了,黄师傅小心翼翼地推着剪子,心里真是又紧张,又甜蜜。

理完了发,朱军长从荷包里掏出一枚银毫子,交

星星之火 可以燎原

——井冈山斗争的故事

给黄师傅。

黄师傅坚决不肯收，说："朱军长，您这样就不像自家人了。您为我们穷人闹翻身，日夜操劳，费尽心血，理个发还要钱，叫我怎么过意得去呢！"

朱军长和蔼地说："理发应当交钱，这是红军的纪律！""这钱一定要收下。红军的'三大纪律六项注意'，我这个当军长的更应带头做到。"说完，把银毫子塞在黄师傅手里，迈开大步走了。

望着朱军长高大的身影，黄师傅激动得流出了热泪。他想，过去给地主豪绅理发，受过多少窝囊气，有时不但得不到钱，挨打受骂也是常有的事。今天，一位红军的军长……老人激动得真是不知说什么才好！

以上是井冈山军民在井冈山艰苦的岁月里，克服困难，共渡难关，战胜敌人的几个小故事。在井冈山上，上至毛委员、朱军长，下至官兵百姓，他们都是为了革命事业而奋斗，为劳动人民的利益而战。因此，

干部关心士兵，关心群众，吃苦在前，不搞特殊；战士从不叫苦，乐在苦中。像这样的故事数不胜数，因为它不是几个人的事迹，而是一种精神：井冈山精神！正是有了这种精神，才使全军上下齐心协力，艰苦创业，取得了一个又一个胜利。

愿井冈山精神万代相传！

《三大纪律八项注意》的形成和发展

红军进行三湾改编时，针对许多战士来自旧军阀的军队，带有很多坏习气这一现状，毛泽东提出了三大纪律：第一，行动听指挥；第二，不拿群众一个红薯；第三，打土豪要归公。

此后，红军重建了宁冈、永新县委，恢复了莲花、酃县党的组织活动。1928年1月，部队占领遂川，建立了党的县委和县工农兵政府，以及暴动队、赤卫队、农民协会、工会等群众组织。在遂川，毛泽东对部队提出了六项注意：上门板；捆铺草；说话和气；买卖公平；借东西要还；损坏东西要赔。

其中"上门板""捆铺草"是因为当时部队在住宿时，常借用老百姓的门板做铺板，借用稻草做铺草。各家的门板高矮大小不一，部队撤走时如果不物归原主，一大堆的门板就对不上榫，故规定了上好门板、捆好铺草再走。

　　为了让"三大纪律六项注意"深入人心，毛泽东让部队开始教唱《红军纪律歌》，歌词是："上门板，捆铺草，房子扫干净。说话要和气，买卖要公平。损坏东西要赔偿，借人东西要还清。"这一招果然效果很好，许多战士通过唱歌就将"红军纪律"牢记在心了。后来，"六项注意"又增加了两项，即"洗澡避女人""不搜俘虏腰包"。"三大纪律八项注意"就这样产生了，从而奠定了人民军队统一纪律的基础。

　　1947年10月10日，毛泽东起草《中国人民解放军总部关于重新颁布三大纪律八项注意的训令》，对其内容作了统一规定。这就是我军现在执行的并谱成歌曲传唱的《三大纪律八项注意》。

井冈山精神

井冈山精神产生于开创井冈山革命根据地的伟大实践，是马列主义与中国革命实际相结合的产物，是中国共产党和人民集体智慧的结晶，是中国共产党领导的民主革命进程中第一座历史丰碑。

在巩固和发展井冈山革命根据地的斗争实践中，红军创造了人民军队建设的一系列重要经验，对中国革命的进程产生了广泛而深远的影响。

井冈山精神是中国革命精神之源。井冈山精神的内涵可以用五句话来概括：

1. 坚定不移的革命信念；2. 坚持党的绝对领导；3. 密切联系人民群众的思想作风；4. 一切从实际出发的思想路线；5. 艰苦奋斗的作风。

中华魂·百部爱国故事丛书
提　要

《誓与禁烟相始终——民族英雄林则徐》

林则徐严禁鸦片，坚决抵抗西方列强的侵略，坚持维护国家主权和民族利益。他是中国近代历史上第一位睁眼看世界的人，是抗击帝国主义殖民侵略的第一人，是中华民族抵御外侮过程中伟大的民族英雄。

《血洒虎门御敌寇——抗英将军关天培》

民族英雄关天培，在第一次鸦片战争中为了抗击英国侵略者的入侵而血洒虎门，为国捐躯，谱写了一曲可歌可泣的英雄赞歌。关天培用他的生命，书写了中国人民反抗外侮的历史。

《威震镇海靖节魂——抗敌英雄裕谦》

在第一次鸦片战争期间的众多牺牲者中，有一位官阶最高，他就是两江总督裕谦。裕谦与外国侵略者斗争立场坚定，与国内妥协派、投降派斗争态度坚决。裕谦督战镇海，与英国侵略军浴血奋战，临危不惧，以身报国，浩气长存。

《斩邪留正解民悬——太平天国领袖洪秀全》

农民出身的洪秀全，从失意文人到起义领袖，经历了长期的思想演变过程，在外敌入侵、清朝政府腐朽的历史环境之下，顺应时代的潮流，成长为一位非凡的历史英雄人物，建立了与清朝政府相抗衡的农民政权——太平天国。

《仰承汉唐　荟萃中外——近代数学家李善兰》

李善兰是我国19世纪重要的科学家之一，在数学、天文学、力学等方面都有重大建树。他继承了我国古代数学的成就，又以极大的热情传播西方科学文化，"仰承汉唐，荟萃中外"，把自己的一生献给了科学事业。

《严谨治学　勇于探索——近代著名数学家华蘅芳》

华蘅芳，中国近代数学家之一。其精通中国古算学，并熟练掌握西方近代数学，是中国验证抛物线并著书立说的参与者。为了证明"外国有的，中国也能造"而鞠躬尽瘁，在引进西方科学技术、传播科学知识上贡献卓著。

《折冲樽俎护山河——近代著名外交家曾纪泽》

曾纪泽是中国近代史上著名的爱国外交家，在中俄伊犁交涉事件中，他秉承抵抗列强、保卫国家的坚定意志，利用外交手段全力同沙俄抗争，捍卫了国家主权、民族尊严，收回了祖国的领土，在近代中国外交史上留下了光辉的一页。

《甲午海战留英名——民族英雄邓世昌》

邓世昌，北洋水师名将。本书以邓世昌的成长过程为线索，以代表性的历史故事为主要内容，还原真实的历史事件，突出鲜明的人物性格。邓世昌因在中日甲午海战中突出的英雄气概而名垂史册，书写了伟大的爱国主义篇章。

《誓与舰队共存亡——北洋水师提督丁汝昌》

丁汝昌处在清朝政府的腐朽和李鸿章的专断下，难以施展爱国的抱负，壮志未酬，愤恨而终。但丁汝昌为建立近代海军作出的巨大贡献，带领北洋舰队爱国官兵勇抗强敌的英雄事迹，将永远为后代所传颂。

《镇南关上凯歌扬——抗法老英雄冯子材》

1885年中法战争中，年逾古稀的冯子材为抵御外国侵略，勇赴国难，大败法军于镇南关，并乘胜追击，接连收复文渊、谅山等地，从根本上扭转了中法战争的局面，成为近代民族英雄的杰出代表。

《屡败法军逞英豪——黑旗军将领刘永福》

刘永福是黑旗军的创建者，是农民出身的杰出军事家、政治活动家。在19世纪发生的援越抗法、中法战争中，他率部与帝国主义侵略者进行了殊死的战斗，建立了卓越的功勋，成为我国近代史上著名的民族英雄，为后世所景仰。

《矢志变法强国家——戊戌变法领袖康有为》

康有为是清末民初最有影响力的思想家之一。他领导了中国知识界的启蒙运动，掀起了一场自上而下的政体改革。他最早在中国提出了立宪政体和具体的宪政方案，主张在坚持儒家传统和帝制的前提下，学习西方经验，他的进步思想对近代中国具有深远的影响。

《开民智以报国 普新知而图强——戊戌变法思想家梁启超》

梁启超，中国近代史上著名的政治活动家、启蒙思想家、史学家、文学家，戊戌变法领袖之一。本书以百日维新思想家梁启超的成长过程为线索，以代表性的历史故事为主要内容，还原真实的历史事件，突出鲜明的人物性格。

《我自横刀向天笑——维新志士谭嗣同》

谭嗣同在民族危机的严重时刻，投身改革救中国的洪流。为了带给祖国一个光明的未来，紧要关头，他挺身而出，用自己的鲜血激励后人，把宝贵的生命献给了变法事业。

《睡乡敢遣警世钟——用生命警策国人的陈天华》

陈天华是民主革命的活动家和宣传家。他写的《猛回头》《警世钟》等书，起到了革命启蒙的重大作用。为了激发留日学生的爱国情怀，他不惜投海自杀，演出了近代史上感人至深的一幕，给后人留下了难忘的印象。

《革命军中马前卒——民主斗士邹容》

革命乃"至尊极高，独一无二，伟大绝伦之一目的"；它是"天演之公例，世界之公理，顺乎天而应乎人"的伟大行动。因此，必须"仗义群兴革命军"。他激情高呼："革命独子万岁！中华共和国万岁！"这就是《革命军》的作者，中国近代著名资产阶级革命宣传家邹容。

《休言女子非英物——鉴湖女侠秋瑾》

为民族解放和妇女解放而英勇斗争的秋瑾，冲破封建礼教的思想牢笼，打碎封建精神枷锁，崇仰真理，追求光明，主张共和，坚持男女平等，最终献出了自己年轻的生命。

《血溅校场　杀身成仁——民主斗士徐锡麟》

本书讲述了反清志士徐锡麟弃文从武、投身反清革命事业，最终被清政府杀害的故事。出于对国家的热爱，徐锡麟献出自己的生命，他的事迹将永远激励后人深切缅怀这位民主革命的先驱。

《生可死耳　我志长存——献身民主的禹之谟》

禹之谟，民主革命党人，同盟会会员，近代资产阶级革命家、实业家。1886年，20岁的禹之谟"提三尺剑，挟一卷书"游历四方，研究西方社会政治学说，忧国忧民之心日趋强烈。戊戌变法失败，他丢掉改良幻想，倡革命救亡之说，走上民主革命道路。

《物竞天择　适者生存——资产阶级启蒙思想家严复》

严复是中国近代著名的启蒙思想家、翻译家和教育家。他长期从事教育和翻译事业，为近代中国人才培养和思想启蒙做出了重要贡献，同时他也为中国的翻译事业和中西思想文化交流做出了重要贡献。

《辛亥革命急先锋——资产阶级革命家黄兴》

黄兴，清末民初资产阶级革命家，中华民国开国元勋。黄兴在武昌首义及辛亥革命时期的爱国表现，与孙中山闻名于当时，常被时人以"孙黄"并称。本书以资产阶级革命活动实干家黄兴的成长过程为线索，歌颂了先辈伟大的爱国主义精神。

《矢志革命　百折不回——近代民主革命家廖仲恺》

廖仲恺追随孙中山踏上了创立民国与捍卫共和制的旧民主主义革命

之路；在新民主主义革命时期，他为建立、巩固首次国共合作和实施三大政策，英勇奋斗，为国殉职，洒尽了一腔热血。

《将军拔剑南天起——护国英雄蔡锷》

蔡锷是中国近代史上的杰出军事家、爱国者。他的一生短暂而伟大。辛亥革命爆发，他毅然投身于革命洪流之中，领导云南重九起义，对武昌起义积极响应。袁世凯窃国复辟、恢复帝制的阴谋暴露出来以后，他又毅然举起了武装讨袁的旗帜。

《反帝反封建运动——五四青年的爱国故事》

五四运动是一次伟大的反帝反封建的爱国运动；是一个伟大的历史转折点；是中国人民的斗争从挫折走向胜利的一个关节点，它为中国的前进开辟了一条全新的道路，拉开了中国新民主主义革命的序幕。

《思想自由 兼容并包——著名教育家蔡元培》

蔡元培是中国近现代著名的民主革命家和教育家，一生经历风雨，却始终信守爱国和民主的政治理念，致力于废除封建主义的教育制度，奠定了我国新式教育制度的基础，为我国教育、文化、科学事业的发展做出了富有开创性的贡献。

《为国家争光 为民族争气——中国铁路之父詹天佑》

詹天佑是我国最早的杰出铁道工程师，因主持建造京张铁路而闻名中外，被誉为"中国铁路之父"。他为祖国的铁路事业贡献了毕生的精力。本书向读者展示了詹天佑热爱祖国、科技兴国的辉煌人生。

《实业救国 衣被天下——轻工之父张謇》

张謇是爱国实业家、教育家。他年轻时中过状元。过了40岁，开始投身工商实业活动中，他的名言是"富民强国之本在于工"。在南通，创办大生丝厂、银行等各种实业。并将创办实业的大部分所得投入教育。他的观点是，教育和实业一样，也是"富强之大本"。

《心向革命 追求光明——平民将军冯玉祥》

冯玉祥将军"是一位从旧军人转变而成的坚定的民主主义战士"。

抗日战争期间，他辗转各地，用实际行动积极抗战。日本战败投降后，他为了断绝美国的援蒋内战，又在美国四处演说，揭露蒋介石统治之黑暗，痛斥美国阴谋分裂中国的不良行为。

《刑场上的婚礼——革命烈士周文雍　陈铁军》

周文雍是广州起义的主要领导人之一。陈铁军出身于华侨商人家庭，却毅然投身革命洪流。1928年1月，两人接受派遣，回到广州假扮夫妻从事革命斗争，却不幸被捕。临刑前，两位烈士将敌人的枪声当作自己婚礼的礼炮，用生命和爱情谱写出一曲千古绝唱。

《星星之火　可以燎原——井冈山斗争的故事》

1927—1929年，毛泽东、朱德等老一辈革命家，在井冈山创建了农村革命根据地，进行了艰苦卓绝的斗争，建立了新型革命武装，点燃了工农武装革命之火，找到了农村包围城市最后夺取政权的中国革命的正确道路。

《新民学会的主要发起人——中国共产党早期革命家蔡和森》

蔡和森青年时期曾与毛泽东等人一起组织进步团体新民学会，参加五四运动，并在赴法国勤工俭学时研读大量马克思主义著作，回国后以满腔热忱投身革命事业，成为中国共产党早期重要的理论家和宣传家。

《威震黄浦江畔　高奏抗日壮歌——一·二八淞沪抗战》

面对日本侵略者的挑衅，十九路军在蒋光鼐、蔡廷锴的带领下，高举义旗，奋力一搏。一·二八淞沪抗战，是中国军人捍卫军人荣誉和祖国尊严所发出的吼声，谱写了一曲抗击日军侵略的英雄壮歌。

《将军恨不抗日死——慷慨就义的吉鸿昌》

在国难深重的20世纪30年代，吉鸿昌将军因拒绝执行国民党指示，坚决不打内战，被迫携眷出国"考察"。回国后，他加入中国共产党，组织了民众抗日同盟军，英勇打击日本侵略者，后于1934年11月被国民党反动派杀害。

《献身革命　甘于清贫——梅岭忠魂方志敏》

大革命失败后，方志敏凭着"两条半步枪"起家，身经百战，创建了赣东北革命根据地和红十军。本书真实记录了方志敏投身于革命、领导红军和敌人进行艰苦卓绝斗争的经历，歌颂了烈士贫贱不移、威武不屈、献身革命的高尚品质。

《奏响中华最强音——人民音乐家聂耳》

聂耳在他有限的生命中创作了数十首革命歌曲，在抗日救亡运动中，聂耳的这些歌曲产生了广泛深远的影响。他的音乐创作为中国无产阶级革命音乐的发展指明了方向，树立了榜样。

《横眉冷对千夫指——中国文化革命主将鲁迅》

鲁迅不但是伟大的文学家，而且是伟大的思想家和伟大的革命家。在那风雨如晦的黑暗年代里，他以笔为投枪，同一切帝国主义和反动派进行了顽强的战斗，为中国人民树立了一个不朽的丰碑。他是新文化战线上的一面光辉旗帜，是我们伟大民族的灵魂。

《铁流两万五千里——红军长征的故事》

红军长征是人类历史上的一次伟大的壮举。第五次反"围剿"失败后，中国工农红军的三大主力在极端艰难的条件下，突破国民党军队的围追堵截，进行了史无前例的战略大转移，总行程达两万五千里以上。途中发生了许多动人故事，至今令人难以忘怀。

《荣辱不移革命志——创建陕北红军的刘志丹》

刘志丹是杰出的无产阶级革命家、军事家，西北红军和西北革命根据地的主要创始人之一。他一生热爱人民，追求真理，英勇善战，百折不挠，艰苦奋斗，忠心赤胆，为创建红军和革命根据地、为中国人民的解放事业建立了不可磨灭的功勋。

《英名永存北平城——爱国将领佟麟阁　赵登禹》

1937年7月28日，日军向北平郊区发动进攻。第二十九军副军长佟麟阁奉命在南苑率部与日军苦战，腿部受伤，头部被敌机炸伤，壮烈殉国。第一三二师师长赵登禹指挥部队顽强抵抗日军，右臂中弹负伤，仍继续作战。后在转移途中遭日军截击而牺牲。

《八百壮士　四行仓库铸军魂——谢晋元和他的战友们》

八一三抗战，中国军人以血肉之躯揭开全面抗战的帷幕。这是一场血战，是中国军人不屈不挠的英雄诗篇，其中的八百壮士守四行，成为这首英雄颂歌中最动人、最凄美的音符。一曲四行保卫战，铸就了不屈的军魂。

《八女投江　气贯长虹——八位抗联女战士》

抗日战争时期，以冷云为首的东北抗日联军8名女战士，为捍卫民族尊严，面对凶残的日寇，镇定自若，宁死不屈，投江殉国，表现了中华民族同敌人血战到底的英雄气概。她们的光辉形象，激励着千千万万的后来人。

《艰苦抗战　威震敌胆——著名抗日英雄杨靖宇》

杨靖宇将军是我国著名的抗日民族英雄。曾先后担任磐石游击队政治委员、东北抗日联军第一军军长兼政委、抗日联军总司令等职。领导军民对日寇坚持了长达9个年头的艰苦卓绝的斗争，最终以身殉国。

《死也不当亡国奴——镜泊抗日英雄陈翰章》

陈翰章，从1932年8月投笔从戎，直到1940年12月8日为抗击日本侵略者，战死在镜泊湖畔。他在抗日疆场上奋战了九年，他那可歌可泣的英雄事迹将为人们永世传颂。

《名将殉国　气壮山河——抗日将军张自忠》

著名抗日将领、民族英雄张自忠，生于忧患的时代，抱有"宁为百夫长，胜作一书生"的志向，经历过失败与低谷，最终成就了慷慨人生。本书主要以人物活动为主，勾画出一个真正的"民族魂"鲜活的人生，会带给读者振奋的力量。

《宁死不辱战士名——狼牙山五壮士》

1941年日寇在河北易县"扫荡"。为掩护群众和主力部队撤退，五位八路军战士毅然把敌人引上了狼牙山棋盘坨峰顶绝路。弹尽粮绝、无路可退，五位英雄纵身跳下了万丈悬崖，用生命和鲜血谱写出一曲惊天地泣鬼神的壮举。

《太行浩气传千古——抗日名将左权》

左权，中国工农红军和八路军高级指挥员，著名军事家。是八路军在抗日战场上牺牲的最高指挥员。名将阵亡，太行山为之垂首，全党为之悲痛。周恩来称他"足以为党之模范"，朱德赞誉他是"中国军事界不可多得的人才"。

《虎将兴关外　抗倭统雄师——抗联英雄赵尚志》

本书描写了久经考验的共产党员、东北抗联的创建者和主要领导人赵尚志，在艰苦卓绝的条件下，坚持抗战，威震敌胆，战功卓著，忍辱负重，忠贞不屈，为国捐躯的英雄故事，为青少年读者呈上一部爱国主义的佳作。

《黄埔之英　民族之雄——抗日名将戴安澜》

抗日名将戴安澜，先后参加保定、漕河、台儿庄、武汉、昆仑关等战役，作战英勇，屡建奇功；入缅作战，"扬威国外，藉伸正义"；守东瓜，复棠吉；殒身缅北，遗恨丛林，马革裹尸，成就了光辉的一生。

《爱国志士　民主先锋——新闻出版家邹韬奋》

本书讲述了邹韬奋献身新闻出版事业的奋斗历程，展现了一位新闻工作者坚定的革命信念和炽热的爱国主义精神，全心全意为人民服务、为读者服务的奉献精神，歌颂了他的高尚情操和优良品质。

《为抗战发出怒吼——人民音乐家冼星海》

人民音乐家冼星海，青年时期在巴黎求学，饱尝屈辱与磨难；学成后毅然回到多灾多难的祖国，用满腔热忱谱写激昂的音乐，鼓舞中华儿女的斗志；奔赴延安，谱写出不朽的名作《黄河大合唱》，发出中华民族抗日救亡的怒吼。

《全民皆兵　抗击日寇——抗日战争的故事》

中国人民进行的十四年抗战，是一百多年来中国人民反对外敌入侵第一次取得完全胜利的民族解放战争。这场战争是以国共两党合作为基础，有社会各界、各族人民、各民主党派、抗日团体、社会各阶层爱国人士和海外侨胞广泛参加的全民族抗战。

《捧着一颗心来　不带半根草去——人民教育家陶行知》

陶行知是我国现代教育史上伟大的人民教育家、教育思想家。他从青年起就立志献身教育事业，以"捧着一颗心来，不带半根草去"的赤子之心，为人民的教育事业鞠躬尽瘁。

《为民主与和平拍案而起——民主斗士闻一多》

闻一多早年与梁实秋等人发起成立清华文学社。赴美留学期间由对祖国的深深眷恋而创作著名的《七子之歌》。后在西南联大任教8年，积极投身于抗日运动和争取民主的斗争，发表了著名的《最后一次讲演》。

《铁窗难锁钢铁心——革命先烈王若飞》

王若飞是我党早期杰出的无产阶级革命家。在艰苦卓绝的斗争中，他出生入死，屡建奇功，以超人的睿智和胆略，在敌人的监狱中，同敌人展开了殊死的较量，为抗战的胜利和新中国的诞生做出了卓越的贡献。

《横扫千军　还我河山——抗联名将李兆麟》

李兆麟是东北抗日联军创建人之一，他率领抗日联军历尽千难万险与日本侵略者浴血奋战，在极其艰苦的条件下，保存了抗日联军的有生力量，为东北光复做出了重大贡献。

《锄头开出新天地——解放区大生产运动》

为了解决困难，渡过难关，党中央号召党政军民齐动手，开展大生产运动。中国共产党在其控制区域内发动的一场军队屯田和鼓励生产的群众运动，达到了自己动手丰衣足食，共度难关，既进行革命又进行生产自足的目的。

星星之火　可以燎原

《生的伟大　死的光荣——女英雄刘胡兰》

刘胡兰，坚贞不屈的少年女英雄。生前对我国劳动人民的解放事业无限忠诚，在敌人威胁面前，大义凛然，毫无惧色，英勇牺牲，表现了共产党员的高贵品质。

《饿死不领美国救济粮——爱国知识分子的楷模朱自清》

朱自清作为爱国知识分子的典型，以锐利的笔锋直言痛斥反动政府的暴行，体现了他崇高的爱国情怀和不畏恶势力的精神品格。毛泽东曾给朱自清先生以高度评价："一身重病，宁可饿死，不领美国的'救济粮'"，"表现了我们民族的英雄气概"。

《为了新中国前进——舍身炸碉堡的董存瑞》

伟大的英雄，中国人民的儿子董存瑞，从儿童团长成长为一名光荣的解放军战士，在1948年解放隆化县城时，舍身炸碉堡，为新中国献出了自己年轻的生命。他的英雄形象永远留在人民心里。

《宁死不屈的共产党员——革命烈士江竹筠》

江竹筠，就是著名的江姐。1947年春，她负责《挺进报》工作，只几个月的时间，报纸就发行到1600多份，引起了敌人的极大恐慌。由于叛徒出卖，江姐不幸被捕，惨遭毒刑的残酷折磨，仍坚贞不屈。最后被特务秘密枪杀，年仅29岁。

《抗美援朝　保家卫国——志愿军的战斗故事》

抗美援朝战争是中国人民志愿军为援助朝鲜人民、保卫祖国安全，与美国为首的"联合国军"发生的战争。在朝鲜牺牲的志愿军烈士们，他们英勇的战斗事迹、保家卫国的精神值得我们发扬光大。

《上甘岭上壮烈歌——黄继光和他的战友们》

在1952年10月的上甘岭战役中，黄继光和他的战友们在零号阵地半山腰被敌机枪火力点压制，此时，黄继光身上已经多处负伤，手雷也已全部用光。为了完成任务，减少战友的伤亡，他用自己的胸膛堵住正在扫射的敌机枪射孔，为反击部队扫清了前进的道路。

《诗书印画　全入神品——国画大师齐白石》

齐白石出身贫寒，做过农活，当过木匠，后改学雕花木工，从民间画工入手，摹古人真迹，学诗文书法，融汇古今，而诗、书、印、画俱佳；他将中国画的精神与时代的精神统一得完美无瑕，使中国画得到国际的重视，无愧于"国画大师"的称号。

《毕生为文化而奋斗——中国第一出版家张元济》

张元济参与、主持和督导商务印书馆近六十年，使其从简单的印刷企业转变为当时中国教育出版的旗帜。张元济一生爱书，在中华大地动荡不安的年代里，他用自己对文化的热爱，续存着中华民族灿烂悠久的文明之光。

《独树一帜　梨园大师——著名京剧表演艺术家梅兰芳》

梅兰芳，京剧大师，演唱风格独树一帜，世称"梅派"。曾先后赴日本、美国、苏联演出，并荣获美国波摩那学院和南加州大学的荣誉文学博士学位。作为一位爱国者，抗战期间蓄须明志，拒绝为日本人演出，为后世称颂。

《华侨旗帜　民族光辉——爱国侨领陈嘉庚》

陈嘉庚是著名的爱国华侨领袖、企业家、教育家、慈善家、社会活动家。他为辛亥革命、民族教育、抗日战争、解放战争、新中国的建设做出了卓越的贡献。生前被毛泽东誉为"华侨旗帜、民族光辉"。

《向雷锋同志学习——伟大的共产主义战士雷锋》

雷锋，一个平凡而伟大的共产主义战士，一心向着党，一生秉承着全心全意为人民服务、无私奉献的崇高思想；发扬刻苦学习和钻研理论的"钉子"精神；坚持勤俭节约、艰苦奋斗的优良作风。毛泽东为其题词："向雷锋同志学习。"

《人民的好公仆——县委书记的好榜样焦裕禄》

焦裕禄，被誉为县委书记的好榜样。他用自己的革命精神，展开了与大自然、与社会落后现象、与病魔的多重抗争，让我们领略到一个共产党人的生之伟大、死之壮美的人格品质和具有现实教育意义的精神魅力。

《文学巨匠 京味大师——人民作家老舍》

老舍是我国现代小说家、文学家、戏剧家。他用融入骨髓的真诚文字反映生活的喜怒哀乐。老舍的一生，总是在忘我地工作，他是文艺界当之无愧的"劳动模范"，生前被北京市人民政府授予"人民艺术家"的称号。

《革命老人——无产阶级教育家徐特立》

徐特立是一代伟人毛泽东的老师。他出生在贫苦家庭，大部分时间生活在动荡艰苦的年代；他刻苦勤奋，不畏艰辛，追求光明，一生勤俭，为革命培养了大量的人才；他对党和人民任劳任怨，鞠躬尽瘁。他坎坷奋斗的一生，留下了许多可歌可泣的故事。

《人生能有几回搏——新中国第一个世界冠军容国团》

容国团先后担任中国乒乓球队运动员、女队主教练。获得1959年男子单打世界冠军；1961年夺得男子团体世界冠军；作为中国女队主教练，1965年率女队第一次夺得女子团体世界冠军。他的"人生能有几回搏"的豪言，举国传诵。

《石油工人一声吼 地球也要抖三抖——铁人王进喜》

王进喜，新中国第一批石油钻探工人。他为祖国石油工业的发展和社会主义建设立下了不朽的功勋，在创造了巨大物质财富的同时，还给我们留下了宝贵的精神财富——铁人精神。他被评为"百年中国十大人物"，写入中华民族的光辉史册。

《做人民需要我做的事——著名地质学家李四光》

李四光是一位伟大的科学家，他一生从事地质学研究工作，足迹遍布祖国的山川，为祖国探明了许多地下宝藏；他创建了崭新的学说——地质力学；他历尽重重困难，为正确认识地质构造开辟了一条新路。

《中国化学工业的先驱——著名化学家侯德榜》

为摆脱纯碱需要进口的窘况，20世纪初，怀着"实业救国"梦想的中国化工先驱侯德榜等人创办了永利碱厂，并立志生产出中国人自己的碱。1926年，永利碱厂终于成功地生产出"红三角"牌纯碱，从此中国制碱业得以跨入世界先进行列。

《毕生求是 一丝不苟——著名科学家竺可桢》

著名科学家竺可桢献身科学研究；治学严谨，一丝不苟；一生廉洁，两袖清风；作风民主，爱护学生。他以爱国之心、报国之志，从一个民主主义者逐渐成长为一个共产主义战士。

《热爱自然的大地之子——著名植物学家蔡希陶》

蔡希陶，五十载风雨，五十载坎坷，五十载奋斗，五十载开拓，为了发现对人类生产、生活有用的植物及新物种的引进而做出巨大贡献，在中国的植物资源学史上将永远镌刻着他的名字。

《高洁无私的襟怀——知识分子的楷模蒋筑英》

蒋筑英是中国当代知识分子的先锋典范，他不为名，不为利，尊重科学；他以坚忍的毅力和顽强的作风，在科学的道路上呕心沥血，鞠躬尽瘁，无私地奉献了青春和生命。

《迎接新生命的天使——卓越的妇产科专家林巧稚》

林巧稚是国内外享有盛誉的妇产科专家。在五十多年的医学教育和临床实践中，林巧稚亲自接生了五万多婴儿，治愈了数千病人，培养了数以百计的专门人才，为我国的妇女儿童事业做出了不可磨灭的贡献。

《独自成千古 悠然寄一丘——国画大师张大千》

张大千是20世纪中国画坛最具传奇色彩的国画大师，无论是绘画、书法、篆刻、诗词无所不通。在艺术界深得敬仰和追捧，艺术家们用真挚的感情，用绘画和雕塑展现了"张大千"多彩的艺术形象。

星星之火 可以燎原

《建造中国的通天塔——著名数学家华罗庚》

中国当代著名数学家华罗庚，为中国数学的发展做出了无与伦比的贡献，他是中国解析数论、典型群、矩阵几何等多方面研究的创始人与开拓者，也是我国最早将数学理论研究与生产实践紧密结合的科学家。

《问鼎长天　强我国威——两弹元勋邓稼先》

邓稼先是我国著名科学家，参加组织和领导我国核武器的研究、设计工作，从对原子弹、氢弹原理的突破和试验成功及其武器化，到新的核武器的重大原理突破和研制试验，作出了重大贡献。是我国核武器理论研究工作的奠基者之一，被誉为"两弹元勋"。

《敢叫天堑变通途——桥梁专家茅以升》

中国著名的桥梁专家茅以升从小立志为祖国建造桥梁，经过不懈努力，他不仅设计建造了一座座宏伟壮观、坚固实用的道路桥梁，而且搭建了一座座友谊之桥，为祖国建设作出了卓越贡献。

《蘑菇云之梦——核物理学家钱三强》

被誉为"中国原子弹之父"的核物理学家钱三强，更名后立志于科技报国；24岁投师于世界著名核物理学家居里夫妇；与夫人何泽慧合作，发现铀的"三分裂""四分裂"现象；统领我国的原子大军，做了大量创造性工作。

《两离桑梓地　满怀雪域情——领导干部的楷模孔繁森》

孔繁森，是一位一尘不染、两袖清风的好干部。两次进藏工作，历时十载，为西藏的建设、发展和稳定作出了突出的贡献。1994年11月，孔繁森不幸以身殉职。人民群众称他为新时期领导干部的楷模。

《摘取数学皇冠上的明珠——著名数学家陈景润》

陈景润是享誉世界的数学家，为了证明"哥德巴赫猜想"，他以惊人的毅力在数学领域里艰苦跋涉，终于攻克了世界著名数学难题"哥德巴赫猜想"中的"1+2"，创造了中国乃至世界数学史上的辉煌。

114

《学术独步　饮誉四海——享有国际威望的科学家卢嘉锡》

卢嘉锡是一位在国际科学界享有崇高威望的物理化学家、化学教育家和科技组织领导者。1945年，卢嘉锡满怀"科学救国"的热忱回到祖国，对中国原子簇化学的发展起了重要推动作用，他所指导的新技术晶体材料科学研究，也取得了重大成绩。

《德艺双馨　梨园楷模——著名豫剧表演艺术家常香玉》

常香玉1941年赴陕甘演出。1948年在西安创办香玉剧社。1951年为支援抗美援朝，率剧社巡回西北、中南、华南各地演出，以演出收入捐献"香玉剧社号"战斗机一架，素有"爱国艺人"之誉。

《文学大师　激流勇进——著名作家巴金》

本书以巴金生平和主要事迹为线索，回顾和展示现代著名作家巴金的一生，以期让人们看到巴金在这风云变幻的100多年中，有过成功的欢欣，有过屈辱的磨难，有过痛苦的忏悔，有过平静的安宁。巴金的人生，映照着一代中国五四知识分子坎坷而不平凡的命运。

《壮心系科学　孜孜为国昌——理论化学家唐敖庆》

本书讲述了唐敖庆从出国求学、学业有成、回国任教，到服从安排、艰苦工作、刻苦钻研，最终成为中国量子化学奠基者的过程。让人们看到了这位著名化学家的赤心爱国、严谨治学、大公无私的崇高品格和科研上的卓越成就。

《中国导弹之父——著名科学家钱学森》

当第一颗原子弹升空的时候，当中国的人造卫星奏响《东方红》的时候，当中国运载火箭腾空而起的时候，当中国研制的导弹准确命中目标的时候，人们都会想起他的名字：中国导弹之父钱学森。

《中国近代力学的奠基人——著名科学家钱伟长》

钱伟长曾以中文和历史两个100分的成绩考入清华大学。九一八事变后，钱伟长毅然放弃了文科的学习而转为理科。他是中国近代力学、应用数学的奠基人之一，在固体力学、流体力学以及航空航天领域，取得了卓越的成就，为新中国的现代化建设付出了毕生的精力。

《中国光学科学的奠基人——著名科学家王大珩》

王大珩是我国著名的科学家，中国光学科学的奠基人。他先在清华就读，后赴英国求学，学业有成，立志科学救国，其成就享誉神州。他以科学的求是精神和赤诚的爱国情怀，探索着中国光学发展的闪光之路。